アイドルをプロデュースするにゃ！
にゃ〜たん

やる以上は、芸能界を
震撼させるくらいの、
伝説のユニットを
プロデュースしてみせますわ！
ウサたん

ドラたん
気楽に構えればどうとでもなる。
問題なかろう
メイたん
忙しいところ
ありがとぉ
ウリたん
よろしくお願いする
ですです！
キーたん
話は聞いたよ！
面白そうじゃん！

えとたま
～外伝のべる～

原作：白組＆タブリエ・コミュニケーションズ
著者：藤瀬雅輝

ぽにきゃん
BOOKS

イントロダクション

干支神。

動物を模した姿を持つ少女「干支娘」の中から選抜された

12匹の神の使い。

古来より日本を護ってきた聖なる十二支。

60年に一度の干支神選抜祭・通称「ETM12」にて勝ち残った強者であり、

えと娘たちの憧れの存在である。

刻は流れて現代。

今年も干支神選抜祭「ETM12」が開催される。

日本全土から集まる数多の干支神候補＝えと娘たち。

その中に、一匹の猫が存在した。

その名は、猫のえと娘「にゃ～たん」

もっとも干支神に近いといわれながら、ネズミ属に執拗に狙われ、

卑劣な罠により破れ続けてきた不遇のえと娘である。

干支神になる条件はたったひとつ。十二支全員に勝利すること。

しかし、干支神の力は強大であり、

この二千年間、十二支全員に勝利したえと娘は存在しない。

不遇のえと娘「にゃ～たん」と、

普通の高校生「天戸タケル」が出会うとき……物語は始まる！

にゃあはぜったい
十二支に
なるにゃ!!

猫のえと娘

にゃ〜たん

干支ランク：えと娘（ランク外）

ネコ属代表のえと娘。

十二干支神のひとりになることを目標に、「干支神選抜祭（ETM12）」へと参加。目標（欲望）に向かって常にまっすぐ。着飾らない天真爛漫な女の子で天然バカ。

我には救いも
光もいらぬ……

鼠の干支神

チュウたん

干支ランク：1位

ネズミ属代表の最強干支神。
実直で何事にも真摯な性格。
ネコ属に対する憎悪が強く、
人間とえと娘の交流も嫌悪している。

……目で見るんやない、
心で覧るんや

虎の干支神

シマたん

干支ランク：3位

トラ属代表の干支神。
ナニワの中国拳法使い。同じネコ科であるにゃ～たんの力と技の師匠。

フィニッシュは
もちろんミーね！

牛の干支神

モ～たん

干支ランク：2位

ウシ属代表の干支神。
草食のベジタリアンで巨乳。にゃ～たんに対する愛情が偏愛しどうしようもないほど変態になっている。

やっぱりですわ!!

兎の干支神

ウサたん

干支ランク:4位

ウサギ属代表の干支神。

ワンダーランドなお嬢様にして天才プロデューサー。「ウサたんカンパニー (UTC)」という事業を立ち上げている。

蛇の干支神

シャアたん

干支ランク:6位

ヘビ属代表の干支神。

かなりの実力者ではあるが、全力は出さない主義。本音が見えない不可思議なお姉さん。

ちとおもしろい
人間にあった

竜の干支神

ドラたん

干支ランク:5位

リュウ属代表の干支神。

伝説の幻獣干支神で希代のソルラル使い。にゃ～たんの精神面を鍛える師匠でもある。

まじで!?

ウマから語呂が悪いのでございます!!!

馬の干支神

ウマたん

干支ランク:7位

ウマ属代表の干支神。

比較的ネガティブに物事をとらえる非常に面倒な性格。夢多き乙女だがいろいろ残念である。

完全におイきになってるわねぇ

猿の干支神

キーたん

干支ランク:9位

サル属代表の干支神。

ポジティブな思考の持ち主で、そのように発言し、行動する。純粋な好奇心からイタズラっこの側面をみせるが、ちゃんと反省はする。

羊の干支神

メイたん

干支ランク:8位

ヒツジ属代表の干支神。

干支神の中の天然系癒し女子。回復系に特化し、あらゆる癒しを担当する。大いなる母性と慈愛の持ち主。

ごま油は人類の宝なのですです

絶対に許さん！バカ猫めっ……！

鶏の干支神

ピヨたん

干支ランク：10位

トリ属代表の干支神。

三歩あるくと一番気になっていることを忘れる。忘れてもその感情の雰囲気は覚えており、負の感情を蓄積しやすい。

猪の干支神

ウリたん

干支ランク：12位

イノシシ属代表の干支神。

干支神たちのマスコット的存在で、干支神全員の妹的ポジション

何そのご褒美！

犬の干支神

イヌたん

干支ランク：11位

イヌ属代表の干支神。

ポジティブな思考の持ち主で、そのように発言し、行動する。キーたんと一緒にいることが多い。表裏がなく、素直で純粋。

……ごめん、
何言ってるか
わかんない

主人公

天戸タケル

干支ランク：関係無し

秋葉原でひとり暮らしを始めた高校生。

極上の「萌力【ソルラル】」をにゃ～たんに狙われ、押しかけ居候されてしまう。無気力ないいひと。ツッコミ役。

この物語の中で唯一の常識人。

INDEX

第壱話 …… 015
ウサたんのアイドル育成プロジェクト！

プロローグ …… 016

第一章
激烈オーディション …… 022

第二章
大騒ぎのアイドル生活 …… 055

第三章
じゃぱんアイドルふぇす …… 123

エピローグ …… 157

第弐話 …… 161
メイたんの薬草探索ツアー

プロローグ …… 162

第一章
旅の始まり、集まる仲間 …… 167

第二章
幻覚キノコパニック …… 175

第三章
迷いの森 …… 191

第四章
毒の石と、龍の山 …… 206

第五章
沼で起きたこと …… 221

第六章
新しい力 …… 229

エピローグ …… 242

巻末企画 …… 244
スペシャルクロストーク

あとがき …… 252

第壱話

プロローグ

神と人をつなぐ、動物の化身・干支娘《えと》。

その中で特に選ばれた十二の干支娘は、栄えある干支神として、ソルラル――萌力により人々と国を守護する。

今のこの国では、鼠《ねずみ》・牛・虎・兎《うさぎ》・竜・蛇・馬・羊・猿・鶏《とり》・犬・猪《いのしし》の十二。

しかしそのメンバーは不変ではない。

六十年に一度、十二支の入れ替えを賭けて百八のえと娘（干支神に非《あら》ざる干支娘の総称）が選ばれ、干支神たちと戦いを繰り広げるのだ。

その戦いの名は、干支神選抜祭――またの名を、ＥＴＭ12。

ただしそれは、至難の道のり。えと娘が十二の干支神の中に割り込むには干支神全員を倒さねばならず、途中で一度でも負ければそこで挑戦権は失われる。

この二千年ほどの間、幾度もの戦いを経たが、メンバーに変動は生じていない。

＊

洗練された執務室を独占しているのは、レオタードにストッキングのバニースーツを着た少女。しかしオフィスにあって、不思議と違和感はない。

彼女こそは干支神の一角、ウサギ属のウサたんだ。

「……退屈ですわね」

ウサたんは会社で仕事をしていた。

彼女は人間界で会社を経営している。名前はウサたんカンパニー《UTC》。その事業の一つは、最先端事業の各種プロデュース。

目端が利き判断が素早い彼女にとっては天職とも言える仕事だ。単なる趣味ではなく、人間界におけるえと娘や干支神の活動を金銭面でサポートし、人間界の経済発展に貢献するという意味もある。

しかし今、彼女はてきぱき業務をこなしながらも、どこか飽きを覚えていた。

一区切りついたところで席を外し、大きく伸びをする。

お気に入りの柚子《ゆず》茶を淹《い》れ、口に含む。心は落ち着くが、表情はなお晴れない。

彼女のプロデュース方針は、リスクの低減と堅実な展開だ。失敗の芽を事前に摘むことで、新しい事業を打ち出しては安定軌道に乗せていく。

しかしそれらが、今はあまりに順調すぎた。拍子抜けするほどだ。

かつてプロデュースに取り組み始めた時に覚えた高揚感が戻って来ない。

あの頃に比べると、こうして日々こなしている仕事は――

「物足りない……」

「プロデューサーという枠から飛び出さなければいけにゃいにゃ！」

「きゃっ⁉」

いきなりの声に振り向くと、そこにはネコ耳の少女がいた。セミロングの、明るい表情がとても印象的な少女。

ネコ属のえと娘、にゃ～たんだ。元より有力なえと娘だったが、今回のＥＴＭ12で唯一勝ち残っているえと娘でもある。

「アイドルをプロデュースするにゃ！　そしてにゃあをユニットのセンターにするにゃ！　そうすれば人間からソルラル集め放題で、にゃあは干支神になれるにゃ‼」

……もっとも、現在は前回のＥＴＭ12敗退時に何かあった影響で記憶喪失、以前よりも欲望剥《む》き出《だ》しなおバカさんに成り果てているのだが。

なお、ソルラルとは、人の心から生まれる感謝や喜びなどのエネルギー。干支娘の力の源でもあり、服装などの物質や戦う力などに変えることもできる。

人々によく知られた干支神は信仰の対象ともなっているため、ソルラルを簡単に大量に得やすいという点でもETM12では有利であり、えと娘は一敗もできない試合形式と同時にソルラル獲得の点でも苦戦するのが常である。

「なぜあなたのために、わたくしが新規事業に乗り出す必要があるのかしら？」

にゃ～たんのこんなノリにはすでに慣れているウサたんは、軽くあしらおうとする。

「んふふふふ、これはウサたんのためでもあるにゃ！」

胡散臭《うさんくさ》い笑みを浮かべ、にゃ～たんは馴《な》れ馴《な》れしくウサたんの肩を抱き、あたかも重要な秘密を語るように囁《ささや》き声を作る。物怖《ものお》じしない性格のにゃ～たんは干支ランク四位のウサたんに対しても厚かましい。

「わたくしの？」

「さっきも言ったように、ウサたんもプロデューサーの枠を超えてアイドルをやるにゃ！　ま、ウサたんなら特別にダブルセンターにしてやってもいいにゃ」

上から目線のドヤ顔で言い放つ。非常にうざいがとりあえず無視。

「ですから、なぜわたくしまでアイドルを……」

口にしかけたところ、なぜかにゃ～たんに真っ向から両肩を叩《たた》かれる。

「何が当たって何が売れるかわからない、そんなひりつくような鉄火場を直《じか》に味わってこそ、ウサたんの能力はさらに研ぎ澄まされるにゃ！」

　もう何を言っているのかわからない。

「そんなのサイコロ博打《ばくち》と同じではなくて？」

　だが。

　そこで、にゃ～たんはにっこりと笑った。

「うまくいったら、にゃあたちだけでなく、ファンのみんなも喜ぶにゃ！」

　……そこで一瞬気を惹《ひ》かれてしまったのが、伝わったのかもしれない。

「新しい自分をプロデュースしながら他人もプロデュースするにゃ！　今、世界を変えられるのは……アイドルにゃ!!」

　にゃ～たんはさらに謎の自信満々な言葉を並べ立てる。あまりに強引、あまりに無理矢理。

　胡散臭さはうなぎのぼり。

「ウサたん、にゃあを疑ってるにゃね?!　その疑う心がもうプロデューサーとして間違ってるにゃ」

「はっ?!」

「柔軟な心とピュアな魂を取り戻すにゃ！」

畳み掛けられ、ウサたんはついに肯《うなず》いてしまう。

「……何やら、目から鱗《うろこ》が落ちた気がいたしますわ」

「その意気にゃ」

「やる以上は、芸能界を震撼《しんかん》させるくらいの、伝説のユニットをプロデュースしてみせますわ！」

宣言して、ウサたんは拳を握りしめるのだった。

第一章……激烈オーディション

「よくお集まりくださいましたわ」

居並ぶ面子《メンツ》を見渡して、ウサたんは声をかけた。

子《ね》・丑《うし》・寅《とら》・卯《う》・辰《たつ》・巳《み》・午《うま》・未《ひつじ》・申《さる》・酉《とり》・戌《いぬ》・亥《い》――十二の干支《えと》神のうち、子を除く全員がここウサたんカンパニー《UTC》の事務所に集まっている。

「よく来たにゃ。まあ気楽にするにゃ」

ウサたんの後ろで、大きなソファに寝そべったにゃ～たんが鷹揚《おうよう》に言った。

「にゃ～たんは何を寝言言っているですです？」

イノシシ属の干支神ウリたんが、いつものようにツッコミを入れる。

「お言葉に甘えてミーも気楽にするネ！　マイスイートにゃ～たん！」

ウシ属の干支神モ～たんが毎度おなじみアメリカンな口調で、巨乳を揺らしながらにゃ～たんに飛びかかった。彼女はにゃ～たんを一匹のメスとしてこよなく愛している。

「お前はこっち来るんじゃにゃいにゃ！　にゃあが気楽にできなくなるにゃ！」

「バカ猫は放っておいて、話を始めろよ」

トリ属の干支神ピヨたんが、にゃ～たんを冷たい目で見ながらウサたんに促した。翼をあしらった青い服を身にまとう彼女はにゃ～たんと折り合いが良くない。

「アイドルオーディションなんだよね？　ボクすごく楽しみ！」

「アタイも！」

イヌ属の干支神イヌたんとサル属の干支神キーたんが、無邪気に楽しそうな顔をした。

「ええ。この度わたくしはアイドルデビューいたしますの。ユニットとして売り出したいので、仲間となるメンバーを集めたいのですわ」

「おぬしのデビューが前提ならば、同じ干支神の儂《わし》らを集めるのは無理もないか」

リュウ属の干支神ドラたんが理知的な顔に微笑を浮かべ、得心が行ったという風に肯《うなず》く。

「まあ、アイドルも面白そうやな。チュウたんのおかげでワイら暇やし」

トラ属の干支神シマたんの言葉を否定する者はいない。

「チュウたんはすでに百七のえと娘を倒しているものね」

ヘビ属の干支神シャアたんが静かに応じた。ここにいないネズミ属の干支神チュウたんは、今回のＥＴＭ12を単独で終わらせる勢いで活動している。

「ウチが選ばれるとは思いませんけど……枯れ木も山の賑《にぎ》わいって言いますもんね」

ウマ属の干支神ウマたんはネガティブな性格だ。

「最初は何かしらぁ？　水着審査？」

「メイたん、気が早いですです！」

ヒツジ属の干支神メイたんが、ソルラルを変更させてナース服から水着になった。色気たっぷりなその姿にウリたんがたまらずツッコミを入れる。

「まずは、ボーカル審査から始めることにいたしますわ」

＊

数時間後。

「半ば予想はできていたことですが、ボーカル審査・ビジュアル審査では甲乙つけがたく、選抜しきれませんでしたわ」

ウサたんが一同に告げる。

干支娘、その中でもソルラルが集まりやすい干支神は、個性豊かながら全員が人に愛される存在。元より優劣を比べるのは難しい。

「そこで、ダンス審査で多少強引にでも決めてしまいますわ。存分に力を出せるよう、干支界のソルラルバトルフィールドを舞台に、プリティモードで挑んでいただきます。直接戦うわけではありませんので、ご安心を」

言いながら、ウサたんはソルラルバトルフィールドへの道を開く。言葉の端々ににじむ不穏なものには、誰も気づいていなかった。

『えとたまっ！　ソルラルチャージ！』

干支神たちとにゃ～たんの声が重なる。

無数の色鮮やかな鳥居が連なってアーチのようになり、その中を駆け抜けることで全員の姿が変わっていく。

普通の人間の少女に近いアダルトモードから、魂であるソルラルを凝縮することで肉体をも変容させ、頭身の低いプリティモードへ。

これこそが、干支娘がソルラルを全力で発揮できる姿なのだ。

＊

そしてやって来たのは干支界。

ここは干支娘たちのための世界なのでどれほど激しく戦っても影響はない。

「まずは皆さん、こちらの控室で待機を。にゃ～たん、手伝っていただきますわ」

「わかったにゃ！」

控室は、ウサたんの守護する北陸エリアのご当地アイテムと、彼女の現在のキャラクターを形成するワンダーランドなイメージとが混在している。

干支神たちは思い思いにお茶を飲んだりおしゃべりしたりして待ち時間を過ごした。

最初に呼ばれたのは、シマたんだ。

「ほな、行ってくるで」

他の干支神に手を振りながら、チャイナドレスのシマたんは、短い廊下を通り扉を潜《くぐ》る。襟元《きもと》で切り揃《そろ》えた髪と、背中まで伸びる一本の三つ編みとが、ふわりと揺れた。

「何やここ？」

皓々《こうこう》と明かりがともる部屋の中には、プリティモードの干支娘と同じくらいの大きさの石像が列をなしていた。おかげで狭い通路のようになっていて、そこを漫然と歩くしかない。

ソルラルバトルフィールドは、その持ち主の意向でどんな姿にもなり得る。ここはウサたんのフィールドなので、これも彼女の作ったもののはず。

と、不意にすべての明かりが消えた。

同時に、シマたんの両腕が羽交い絞めにされる！

（かかったにゃ！）

シマたんが石像によって羽交い絞めにされる姿を見て、物陰に潜んでいたにゃ～たんはほくそ笑んだ。彼女は暗視ゴーグルによって暗闇にあっても視界を確保できている。

にゃ～たんは飛び出すと青竜刀を振りかぶった。

「もらったにゃ～！」

……その十秒後。

「やはりシマたんの運動能力は干支神の中でもずば抜けていますわ。ダンス方面できっと活躍してくれることでしょう」

「おいこら！　不意打《う》ちで殺しかけといて最初に言うことがそれかい!?」

明かりが再び点いた後、拍手をしながら現れたエプロンドレス姿のウサたんに、シマたんは当然の不満をぶちまけた。

その足元には気絶したにゃ～たん。シマたんは拘束する石像に体重を預けると両足を上げて青竜刀を白刃取り、尻尾でにゃ～たんの顎を打ち抜いて無力化したのだった。

「起きんかいバカ弟子」

シマたんはにゃ～たんの頬《ほお》を数回往復で張る。シマたんとにゃ～たんは武術的な師弟関係にあった。

ちなみに、にゃ～たんの師匠は他にもいる。ドラたんが精神の師匠、ウリたんが知識の師匠

あは信じておりましたにゃ！　師匠ならきっとこれしき簡単に乗り越えてくれるとにゃ
だ。
「し、師匠、ご無事だったにゃね！

「……まったく」

躊躇《ちゅうちょ》なく土下座し、頭を何度も床に打ちつけるにゃ～たんを見てはそれ以上何も言えなくなるシマたん。何だかんだで、甘い師匠なのだった。

「ともあれ、シマたんは合格ですわ。力を貸していただけません？」

「何や単純に喜べんなあ……」

＊

次に呼ばれたのはシャアたんだった。アラビアの踊り子のような服装をしている。琥珀色《こはくいろ》の瞳は、いつも眠そうだと皆に言われている。

扉を開けると三畳ほどの小さい空間。座布団が真ん中にあったので、素直に座る。

前後左右の壁には無数の穴が開いている。ふと見上げれば、天井にも。

何だろう、と首を傾《かし》げた瞬間、それら穴の向こうでキラリと光るものが見えた。

「うわ、ハリネズミよりひどいにゃ」

自分で嬉々《きき》としてスイッチを押した結果ではあるが、にゃ～たんは室内の惨状に顔をしかめる。

大量の穴から発射された長さ一メートルはある太い針が、中心に座るシャアたんに残らず突き刺さっているように見える。その串刺しの光景は気の弱い子どもなら泣き叫んでしまいそうだ。

「はっ！　これは……」

しかしよくよく見ると、シャアたんには一本も針が刺さっていない！

「すごいにゃ！　体をくねらせて、全部の針をかわしているにゃ！　でも血は一滴も流れていないのに、これ下手な残酷映像よりグロいことになってるにゃ!!」

想像できない形に筋肉が動いていたりして、ホラー映画もかくやというビジュアルに仕上がっている。

「何の……真似？」

「シャ、シャアたんの柔軟性ならあれぐらい回避できるとは思っていましたわ」

後からやって来たウサたんは、口では褒めているが、目線はシャアたんから逸《そ》らしまくっていた。

「………」

　そこでようやくシャアたんは瞑《つぶ》っていた目を開く。針の山から器用に身を滑らせて、ウサたんの前に立った。

「ようこそ、わたくしのユニットへ」

「ポジションは、レッド希望。妾《わらわ》は赤い色が好き」

「戦隊ヒーローにスカウトしたわけではありませんわ。まあ、イメージカラーとしてなら考えなくも——」

「ギャラは他のメンバーの三倍をよろしく」

「こちらの返事を無視して無理難題ふっかけるのはやめていただけます？」

「交渉決裂ね。辞退するわ」

「早いにゃ！」

　シャアたんは本当に帰ってしまった。

「……相変わらず、読めない方ですわね」

＊

「ど、どんな審査をされるんでございましょう」

「されてみないとわからないですです。シマたんもシャアたんも行ったきり戻って来なかったですし」

今度呼ばれたのは、ウマたんとウリたんだった。

ウマたんは巫女《みこ》服にポニーテール。

ウリたんは赤いリボンがよく似合うツインテール。干支神の中では一番幼い容姿に見えて愛らしいが、知識が豊富で肝も据わっている。

鉄製の重い扉を抜けると、細長い通路のような空間になっていた。天井も壁も床も、継ぎ目一つないのっぺりした造りだ。少し先に、出口と思《おぼ》しき光が見える。

「ウマたんとウリたんの審査はすごくシンプルにゃ。向こうのゴールまで辿《たど》り着いたら合格にゃ」

天井のスピーカーからにゃ～たんの声がする。

「か、簡単でございますね！」

安堵《あんど》するウマたん。一方、ウリたんは眉をひそめる。

「……そんな審査で、何をテストできるのですです？」

「持久力と、瞬発力あたりにゃ」

にゃ～たんが適当な口調で言い終えると同時、何かのスイッチを押す音がして、ウマたんとウリたんの立っていた床がベルトコンベアーのように後方へとゆっくり流れ始めた。このままでは入口に戻ってしまう。

「何事でございます!?」

「ルームランナーみたいなもの？」

なるほど、ウマたんもウリたんも走るのが得意である。この方式は適切かもしれない。

最初は早足だったが、次第に床の後退スピードは上がっていく。それに合わせてウマたんたちも走るようになる。

「こ、これ、意外ときついでございますね……」

「とっとと終わらせるですです」

気持ちを切り替えてかなり本気を出した。干支神がプリティモードで全力疾走すれば、ゴールまでほんの一瞬で到着できるはず。

なのに、床はそれに勝る勢いで彼女たちを後ろへ運ぼうとする！

「は、速く……もっと速くしないと……」

早くも精神的な余裕をなくしたウマたんは、走るのに専念している。

「ウサたん考案なのでしょうけど、さすがに甘くないのですです……」

隣を走るウリたんの息も荒くなっていく。

「ウ、ウチ、ここまでつらい思いしてでもアイドルになりたいわけじゃ……もう降参してもいいかも……」

「ちなみに、入口の扉に触ってしまったら不合格にゃ。まあ、不合格云々《うんぬん》以前に焼肉ににゃるけれど」

「え？」

ウマたんが振り返ると、入ってきた扉は熱されて真っ赤になっていた。まだある程度の距離は開いているのに、熱風が頬をくすぐる。

「いやーっ！　ウチ焼肉にされるのいやーっ!!」

血相を変えてウマたんが加速する。しかしそれに正比例するように床のスピードも上がり、いつまでたってもゴールは近づかない。

「賽《さい》の河原かシーシュポスの神話に迷い込んだ気分ですです……」

壁や天井には掴《つか》めるような部分は何もない。このままでは力尽きた末に、ベルトコンベアーで後ろに流され、両者揃って焼肉へ加工される未来しかないだろう。

「こうなったら、最後の手段ですです」

ウリたんは、ウマたんの体を掴んだ。

「ヒイイッ！　ウリたん、何をするんでございますの?!」

「せめてウマたんだけでも生き残るですです！」

ウリたんが渾身《こんしん》の力で放り投げる！

ウマたんはそのままゴールへ飛び込んだ。しかし体力を使い果たしたウリたんは、そのまま後方へ流れていく。

「自分の最期は自分で飾るですです」

ウリたんは懐から、こよなく愛するごま油を取り出すと、頭から浴びた。芳醇《ほうじゅん》なごま油の香りが全身に行き渡り鼻腔《びこう》を心行くまで満たす。

そして辞世の句を詠んだ。

ごま油
この身を包む
かぐわしさ
死とて分かてぬ
吾《あ》とごま油

直後に高熱の扉へ接触、非常に食欲をそそる匂いを周囲にふりまいて、ウリたんは一瞬のうちに燃え上がり消え失《う》せる。

……と思いきや。

ウリたんは単に扉にぶつかっただけだった。しかも扉にはクッションが貼られていて怪我《けが》もしない。

「これは……」

「熱風などは装置による演出ですわ」

新たに聞こえたウサたんのアナウンスに、ウリたんは安堵の息を吐いた。別に好んで死にたいわけではない。

しかしその顔はたちまち後悔に満ちたものとなった。

「ごま油、もったいなかったですです……」

「自己犠牲は美徳ですが、アイドルとしてのし上がるには不向きですわね」

ウリたんの敗退を見届けながらウサたんは独りごちる。

そして、足元で伸びているウマたんに視線を落とした。

「運も実力のうち。ウマたんは合格ですわ」

＊

「まとめて呼ばれると、何か扱いが雑な気がするなー」

扉を開けて真っ先に部屋へ入ったキーたんが、同時に呼ばれた三者へと振り向いて言った。

長い尻尾が特徴的だ。イヌたんとともに、プリティモードになると少女というより、元気な子というイメージがますます強くなる。

「選ぶのはあっちだから、そこはしかたないネ」

プリティモードでも相変わらず豊満なモ～たんが陽気に笑い、部屋を見渡す。畳敷きで二畳の、茶室のような狭い部屋だ。アダルトモードの時ならこれだけの数で入るにはあまりに狭すぎたが、プリティモードの今はちょっと窮屈というところか。

「ま、楽しくやれればよかろうて……どうした？　イヌたん」

着物姿のドラたんが、眼鏡を直しながらイヌたんに訊《たず》ねた。

「こ、ここ、暴力の匂いがする……」

部屋の匂いを嗅いでいたイヌたんは、警戒するように言った。尻尾の先だけが振れているのもその証《あかし》。

「ふむ？　さっきまでの審査の名残りかのう。みんな死に物狂いでがんばったのじゃな」

ドラたんは小首を傾《かし》げたが、イヌたんへ安心させるように笑いかける。

「アイドルオーディションに大袈裟《おおげさ》なこと言ってんじゃないよ」

キーたんが笑いながら、仲良しなイヌたんの背中を叩《たた》く。

「オウ、それぐらいの意気込みで行かなきゃダメということネ？　ミーもにゃ～たんと同じユニットに入りたいからベリーベリーがんばるネ！」

モ～たんが慰めるように言う。

しかしイヌたんは、普段のほがらかさとは打って変わって、何を言われても周囲へ警戒の意識を向け続ける。

　イヌたん以外は完全に油断していた。

「空間を作り変える時に脱臭も念入りにやったのに、さすがイヌたんは鼻が利くにゃ」

　部屋の外でクレーン車に乗ったにゃ～たんが呟《つぶや》いた。黄色いヘルメットをかぶり、手はレバーにかかっている。

　そのレバーを動かすと、連動してクレーンが動き、先端に取りつけられた存在も不吉に揺れ始めた。

　その揺れは次第に大きくなっていく。

　一番近くにいたのはキーたんだった。

「それにしても一体どんな審査をするのかな――」

　部屋の壁をぶち破ってそのまま襲いかかる巨大鉄球！

「てっきゅうううう!!」

　キーたんは避けることもできず、そのまま撥《は》ね飛ばされて、彼方《かなた》へ豪快に吹き飛び姿を消す。

　リタイアだ。

「ここまでひどいとは思わなかった！　キーたん大丈夫!?」

唯一備えていたイヌたんは辛うじて身を伏せ、回避。

「オー、ジーザス！」

「これはまた、突然じゃのう」

襲い来る鉄球から少しだけ遠くにいたモ～たんとドラたんは、その間に意識を切り替え迎撃態勢を整えた。

「ふんぬっ!!」

モ～たんは腰を落とし、足を踏ん張り、鉄球を真っ向から受け止める！

ドラたんはその横から手をかざし鉄球に向ける。その瞬間、鉄球の勢いが弱まっていく。

パワー勝負なら干支神でもトップクラスのモ～たんと、磁場操作という得意技を持つドラたんだ。直《じか》に受け止めたモ～たんは畳に深い痕を刻み、壁近くまで押し込まれたものの、どうにか動きを止めることに成功する。

「ちっ、肝心の奴《やつ》を仕留め損ねたにゃ」

「これがラヴ・パゥワーというものネ！　一緒にアイドルがんばるネ！」

部屋を覗《のぞ》き込んで苦々しい顔をするヘルメット姿のにゃ～たんに、モ～たんが満面の笑みを見せたのだが。

「いいえ、イヌたんとドラたんは合格ですが、モ～たんは失格ですわ」

続いて現れたウサたんはそう告げた。

「ここで試したのは咄嗟《とっさ》の判断力と俊敏性。鉄球を受け止める馬鹿力などアイドルに必要とされませんわ」

「オウ……」

「は、はは……」

オーバーリアクション気味に表情を作って固まるモ～たんと、引きつった笑みしか浮かべられないイヌたん。パッと見た限りでは、どちらが合格者かわかったものではない。

「儂は辞退するよ。元々付き合いで来たようなもんで、アイドルなんて柄ではないしのう」

各々のやり取りを眺めていたドラたんはそう申し出た。

「残念ですわ。無理強いはしませんが」

と、固まっていたモ～たんが猛然と動き出した。

「アンビリーバブル！　そんなのあんまりネ！　生放送のステージでにゃ～たんを押し倒して、互いを遮るすべての衣装を取り除いて、この身を重ねて愛を作りたいネ！　全世界に向けてミーとにゃ～たんのラヴを見せつけるこのマイドリーム、お願いだから実現させてほしいネ！」

「そんなのにゃあにとってはただの悪夢にゃ！」

「モ～たん、その発言が一発退場ものですわ！」

ウサたんはどうにかこうにかモ～たんを帰らせた。

＊

「で、残りの審査はどうするにゃ？」

「次はピヨたんの予定なのですが……」

　ここまでは迷わず指示を出していたウサたんが、言葉を濁した。

「どうしたにゃ？」

「彼女のアイドルとしてのプロデュースが難しいというのは、にゃ～たんにもおわかりかと思います」

「そりゃそうにゃ。何せトリ頭にゃ。歌も踊りも覚えていられそうにないにゃ。それに怒りっぽいし、にゃあにすぐ突っかかって来るし」

　ピヨたんは、三歩歩くとその時点で一番気になっていたことを忘れてしまう。ただし感情は残るので、理由のわからない怒りや苛立《いらだ》ちを引きずってしまいさらに苛立つ、負のスパイラルに陥りやすい。

「にゃ～たんが恨みを買うのは自業自得に過ぎませんが、まあ、そういうことですわ」

　ウサたんは吐息を一つ。

「本来、声をかけるまでもなく除外してしかるべき……なのに、なぜか彼女のことが気になってしまうのですわ」

トリ頭だけでなく、気が短く強気というのは御しづらい。いらぬトラブルの火種になりそうと簡単に予想できる。

けれど。

何か、不思議な魅力をピヨたんに感じるのも事実で。

そんな内心の揺らぎを、にゃ～たんに語る。

にゃ～たんの相槌《あいづち》は適当だが、ウサたんの言葉を遮るようなことはしない。

なので、経営トップとして単独で考え決断することが普通のウサたんとしては珍しく、今回は様々な逡巡《しゅんじゅん》までですらすらと口にしていた。

「迷ったらやってみるにゃ！　アイデアなんて後から思いつくにゃ！」

そして最後まで聞き終えたにゃ～たんのアドバイスは、やはり適当だった。何の具体策も講じていない。

でも無責任なお気楽さは、妙にウサたんの気持ちを軽くして。

「そうですわね」

そんな言葉がすんなりと口から出ていた。

「こんだけ待たせて審査なしで通過？　ちゃんとやれよ」

プリティモードにおいては黄色い服装でヒヨコのような雰囲気のピヨたんは、不機嫌を隠そうともしていない。

「まあまあピヨたん、これでアイドルになれるにゃ。細かいことは気にすることないにゃ。にゃあと一緒にユニットがんばるにゃ」

「うるせえこのバカ猫！　そもそも干支神でもないおまえが何で最初からメンバー面してんだ！」

激昂《げきこう》したピヨたんが、にゃ～たんへ二歩詰め寄る。三歩歩くと忘れてしまうことは覚えているので、そこで踏み止《とど》まる。

「怒ることないにゃ、うにゃ?!」

「うおっ!?」

歩み寄ろうとしたにゃ～たんがすっ転んでピヨたんの腹に頭突きをかます。思わずピヨたんが一歩後ずさる。

三歩目。

「…………?」

ピヨたんは怪訝《けげん》そうに首を傾げると、にゃ～たんをじろりと睨《にら》むが、それ以上何もしない。

ウサたんはため息をつくしかない。自分で決めたことだが、このプロデュースは本当に疲れることになりそうだ。

＊

「メイたんについてはどうするにゃ？　マグマが煮えたぎる噴火口にでも連れ出して、落ちないように歩かせるにゃ？　崩壊確実な吊《つ》り橋《ばし》を全力疾走させてみるにゃ？」

少し目をグルグルさせながら、にゃ～たんがウサたんの指示を待つ。ちょっと残虐行為に順応しすぎているようだ。

「メイたんには加入してもらうと最初から決めてましたわ」

「どうしてにゃ？」

「今が何年《なにどし》だからというわけではありませんけれど、未《ひつじ》を推したい気分なのですわ！」

「フワッとしすぎにゃ！　今まであれこれ試したり悩んだりしてたのは何だったにゃ！」

＊

メイたんがそれまでの合格者と同じ部屋へ向かう。ウサたんも後を追おうとしたが、にゃ～たんが呼び止めた。

「ところでずっと気になってたんにゃけど」

「何ですかしら？」

「チュウたんはどうしていないにゃ？」

「あなたはバカですの?!」

　ウサたんは真顔になって罵倒した。

「アニメ第三話で、チュウたんとの戦闘で滅されかけたのをもう忘れましたの!?」

　以前、チュウたんと遭遇したにゃ～たんはバトルを挑んだが、完敗した。あの時のチュウたんは、単にえと娘を倒すというレベルではなく、もっと酷《ひど》いことをにゃ～たんに働きそうな気配があった。

「あの時、ウリたんが助けに入らなければあなたはとっくに滅されていたのかもしれないんですのよ!!」

　誰もが認める最強の干支神チュウたんは――なぜかは他の干支神も知らないが――にゃ～たんを憎悪している。両者が今のまま接触したらよくないことになるという危惧を、他の干支神全員が共有するくらいに。

　今はＥＴＭ12のルールの隙を突いて、チュウたんがにゃ～たんを一対一で襲えないようにできているが、その穴は早晩塞がれることだろう。

「いや……あの……するのはバトルじゃにゃくて、アイドルにゃし、それならチュウたんも乗っかってくれるかにゃと……」

「そんなわけないでしょう！」

もう一度にゃ～たんとチュウたんが出会ったら、どんなことになるか。

ウサたんとしては、猫を十二支に推す理由はないし、仮ににゃ～たんが滅されても別の猫がネコ属代表として新たなえと娘になるだけ。

だから本来どうでもいいことではあるのだが、同じ干支神であるシマたんやドラたんやウリたんがにゃ～たんを応援し気にかけている以上、ただ放置するのも気が咎《とが》めてしまう。そういうこと。それだけ。

「少しは強くおなりなさい」

「何か言ったかにゃ？」

聞こえてない。いや、ほんの小声で呟いたのだから、それも当然。

「ま、わたくしにはどうでもいいことなのですけど」

ウサたんは合格者たちの元へ足を速めた。

＊

「さて、審査をみごと乗り越えた皆さんがこのユニットのメンバーですわ。おめでとうございます」

「ひどい審査やったけどな」

吐き捨てるように言うシマたんに、ウマたんとイヌたんが何度も肯く。経験せずに済んだピヨたんとメイたんはキョトンとしていた。

「そして仲間として、よろしくお願いいたします」

優美な仕草で頭を下げるウサたん。

「まあチミらもなかなかのもんだと思うにゃ。せいぜいにゃあの足を引っぱらないように励んでおくれにゃ」

ウサたんの隣でにゃ～たんが偉そうな口を利く。ピヨたんが今にも襲いかかりそうな目でにゃ～たんを眺めた。

「ユニットの名前は、『干支娘5＋1』としましたわ！」

「いい名前にゃ！」

「単に『干支娘6』じゃあかんのか？」

シマたんが手を挙げ、それから「あれ？」という顔になった。

「『5＋1』とした方が知った人の意識に引っかかりやすいだろうという判断ですわ。わかりやすさも大切ですが、名を売るにはそこにひと工夫加える必要がありますの」

シマたんとウサたんのやり取りをよそに、メイたんやイヌたん、ウマたんも首を傾げ出す。そしてピヨたんも指を折って数を数え始めた。

「みんな何してるにゃ！　これがユニットの船出にゃ！　変なことなんかしてにゃいで、ほら、このろくにんでがんばるにゃ！」

パンパンと手を叩きながら、個々のメンバーを指さしていく。

「にゃあに、ウサたんに、シマたんに、ウマたんに、イヌたんに、ピヨたんに、メイたん！

ほらろくに……」

沈黙。

頭上にはてなマークが浮かんでいると、誰が見ても想像できる表情で、にゃ～たんはもう一度メンバーを数え始める。

「にゃあに、」

一。

「ウサたんに、」

二。

「シマたんに、」

三。

「ウマたんに、」

四。

「イヌたんに、」

五。

「ピヨたんに、」

　六。

「メイたん……」

　七。

　にゃ～たんは首を大きく大きく傾げ、三秒ほど静止してから騒ぎ出した。

「メンバーがひとり多いにゃ、しちにんいるにゃ!!　これじゃ『干支娘６＋１』にゃ！　あるいは『干支娘５＋２』にゃ！」

　そして落ち着き払った顔のウサたんと目が合うと、すべて理解したと言わんばかりに寛大な笑みを浮かべた。

「にゃるほど。ま、ウサたん、数え間違いなんて誰でもやらかす凡ミスにゃ。あれにゃ、謝って温めないのが何たらかんたらにゃ。早く温めるにゃ」

「正確には『過ちて改めざる、これを過ちという』ですが……別にわたくしは過ちを犯したわけではありませんわよ?」

　その言葉に他の干支神は、あるいは納得したように肯き、あるいは気まずそうににゃ～たんから目を逸らす。

「にゃ～たん。わたくしは、一度でもあなたをユニットに加えると言明したことがありましたか?」

「にゃ……！」

　にゃ～たんはどこからともなく文庫本を取り出すと、猛スピードでページをめくっていった。やがて、愕然《がくぜん》とした顔で膝を突く。

「た、確かに……ウサたんは何も言ってはいなかったにゃ。にゃ、にゃあはドヤ顔でメンバー気取りをしてウサたんの手先を務めておきながら、実は単に踊らされていた哀れなピエロに過ぎなかったにゃ……」

　だが、そこで毅然《きぜん》とした顔になると、ウサたんに食って掛かる。

「説明を要求するにゃ！　にゃあがメンバーになれない理由は一体何にゃ!!」

「ものすごくちゃんとした理由によるのですが、わざわざわたくしの口から言わせたいのですか？　わかりました、ご説明いたしますわ」

　ウサたんはほんのしばらく哀れむような視線を向けると、にゃ～たんの返事も待たずにしゃべり出す。にゃ～たんが「あ、いや、そんな、どうしても聞きたいわけでは……」と言いかけたが無視された。

「まず、歌詞を覚えるつもりがありません。あなたにはユニット用にすでに制作していただいた曲の仮歌を頼みましたが、作詞していただいたものを無視して適当なフレーズで歌い、ひどい場合にはハミングでごまかしました」

　仮歌とは、歌手当人が歌を覚えやすくするために、事前に別の人によって歌われる歌のことだ。

「あ、あれはフィーリングを重視――」

「メロディとリズムの取り方もアドリブだらけでめちゃくちゃでしたわ。アイドルソングは基礎を踏まえることが肝要。思いつきで歌われるようではユニットの統一性が保てませんし、何より仮歌の意義がありません。最終的に別の方に頼むしかありませんでした」

言い訳を一刀両断し、指摘は続く。

「ダンスの振付も頼んだことがありましたわね？　こちらも同様に、意味不明な動きが入りまくって再現が困難。結局プロの振付師の方に改めて依頼することになりました」

「ぐ……」

「仕事の合間に雑談のネタを振ってみたこともありましたが、トークが雑で場を盛り上げようという意思もまったく窺《うかが》えませんでした。トーク番組の出演やライブのMCを任せる気にはなれません」

「あ……」

「にゃ～たん……何か見込みはないか、色々探してもらってたんやないか……」

シマたんが切なそうな表情を弟子に向けた。

「遅刻の常習犯。単純作業を定時で片づけることもなかなかできない」

「うう……」

「ファッションがクソダサい」

「それはあんまりにゃ！」

「むしろこれこそが致命的なくらいですわ。わたくしたち干支娘の服はソルラルから自前で作り出すもの。仮に、スタイリストにあらかじめ候補を並べてもらっておいても、再現する自身のセンスと意識が壊滅的では意味がありません」

どれもこれも、ネタにもできない普通の理由。それが一つ一つ積み重なり、にゃ～たんの希望を押し潰す。

「以上、一つ二つの弱点ならばフォローすることも可能です。いえ、たとえ三つや四つあっても、それを補って余りあるほどの強みが一つあれば、どうにかします。ですが……」

その先は言うまでもなかった。

「にゃあは、にゃあは……ダメダメにゃぁ……」

語尾が消え入るように小さくなり、にゃ～たんはさめざめと泣き出した。


「でも！」

しかしすぐに立ち直る。

「メンバーになれなくても、マネージャーにしてもらいたいにゃ！」

「マネージャーの方が、遅刻とかしたらやばいんじゃないでございませんか……？」

「ソルラルのおこぼれにはありつけないだろ。それともよそにスカウトされてデビューとか、漫画みたいに低い可能性を夢見てんのか？」

ウマたんがもっともなツッコミを入れ、ピヨたんが冷たくあしらう。しかしにゃ～たんはくじけない。

「ソルラルがたくさん欲しいのは事実にゃけど、にゃあだってアイドルが好きにゃ！　みんながアイドルになるのをお手伝いしたいにゃ！」

けれどウサたんにあっさり拒まれる。

「マネージャー役はわたくしが兼務いたしますわ。プレイングマネージャーというやつですわね」

「そこを、そこを何とか、お願いするにゃ！　後生ですにゃ!!」

「可哀想《かわいそう》だし手伝ってもらおうよ」

イヌたんが無邪気に言う。

「まあ、その、このバカ弟子が自分から仕事したいと言い出すのも滅多《めった》にないことやし、ここは何か、少しくらい任せてみてもええんやないか？」

歯切れの悪い口調ではあるが、シマたんもにゃ～たんの側に回る。つくづく甘い師匠だとウサたんは思う。

「こいつの言葉なんて羽毛より軽いだろ」

ピヨたんの態度は変わらず。

するとにゃ～たんは、おろおろしているウマたんに近寄り耳打ちした。ウサたんの聴覚はそれを聞き逃さない。

「ウマたん、にゃあの加入に賛成しろとは言わないにゃ。でも反対さえしないでくれれば、もしウマたんに色物系の恥ずかしい仕事が振られそうになったら、にゃあが代わりに引き受けてあげるにゃ」

「そ、それなら……！」

うまいところを突く。これで二対二の中立一。

残るはメイたんの意見だが……。

「アイドルやりながらマネージャーの仕事も全部って、ウサたんでも大変じゃないかしら？」

メイたんには意外な方向からアドバイスされた。癒《いや》しを司《つかさど》る彼女の言葉は無視できないものがある。

「では……マネージャーのマネージャーならいいですわ」

「えー」

「ならこの話はなかったことに――」

「やるにゃやるにゃ！　まずは付き人でも何でもやるにゃ！」

第二章……大騒ぎのアイドル生活

一．デビュー直前のダンスレッスン

「ただいまにゃ。プレミアムナンチャラショートケーキ、人数分買って来たにゃ！」

「お疲れー、って、ちゃっかり自分の分も買うてるんやなあ」

ダンスレッスンから一番に引き揚げてきたシマたんが、買い出しから戻ってきたにゃ～たんに声をかけ、苦笑いする。マネージャー——と言うよりは雑用・使い走りだが——としてのにゃ～たんは、今のところそれなりに真面目にやっていた。

「他のみんなはどうしたにゃ？」

「もうじき戻るやろ」

その言葉を裏切らず、残りのユニットメンバーがよろよろとレッスン室から戻って来る。ピヨたんだけは、ふらふらと飛んで来ると椅子に着地した。

ちなみに、ここは人間界なので、干支娘《えと》は全員アダルトモードになっている。アダルトモードでも耳や尻尾は残っているが、『干支娘5＋1』はケモノ娘コスプレアイドルグループというコンセプトなので、ピヨたんが飛ぶ姿以外は目撃されても何ら問題ない。


「疲れたよお……」

イヌたんが尾をしんなりさせてこぼした。体を動かすことが大好き、一日中でも遊んでいられるくらい元気な子だが、レッスンは遊びとはやはり違う。

特に今回のダンスはハードな動きを要求されるものだったから、なおさらだった。

「す、水分と塩分補給はしっかりしないといけないわよぉ……」

トレーニングウエアからいつものナース姿に戻ったメイたんが、スポーツドリンクを配ろうとする。ほんわかした笑顔こそ保っているが、紙コップに注いだ時、手が思うように動かず少しこぼれたのはやむを得ないところか。

干支娘はソルラルの集合体である「えとたま」を持ち、普通の生物とは違うが、人や動物に近いところもある。疲れや体調不良は避けるに越したことはない。

「ウチは、ウチはやっぱりアイドルなんか務まる器じゃなかったんです……」

ウマたんは生まれたての子馬のようにプルプル震える足取りで歩きながら、部屋の隅にうずくまった。巫女《みこ》姿自体は清楚《せいそ》で美しいが、顔に悲愴《ひそう》感が漂いすぎていて、今にも怪物の生贄《いけにえ》にでもなりそうだ。

「お前らなんてまだまだマシだろ……アタシは自分だけ特別な振付で、しかもジャンプしたように見せかけて飛べとかいう半端な動きがひっきりなしに入って、やりづらいし覚えにくいし……」

アダルトモードのピヨたんは凛々《りり》しい美女なのだが、今はソファにぐったりもたれかかっていた。

「しゃあないやろ。ピヨたんは三歩歩くと忘れるんやから、二歩以内に飛ぶアクション挟まんと」

シマたんはばっさり片づけ、一同を見渡した。

「ま、さすがはみんな干支神や。こんだけ無茶振りしてもきっちりついて来られるんやしな。これなら今日中には会得できると思うで」

デビューシングルには両A面として二曲が収録される。片方の振付は先日のオーディションの際に明かされたようににゃ～たんが考案し損ねてプロに頼んだものだが、もう一方はシマたんが担当した。

「シマたん、どうしてこんな激しくて難しい振付なの……？」

イヌたんが瞳をウルウルさせて問う。シマたんが罪悪感に駆られて目を逸《そ》らす。

「わたくしの指示ですわ」

テーブルに突っ伏していたウサたんが顔を上げて言った。

「リリースに際してＰＶを利用したＣＭをばんばん打ち、音楽番組ではＰＶをフルでかけます。そのＰＶにはこの曲を使います」


スポーツドリンクで喉を湿らせると、さらに続ける。

「ポイントは、テレビにおける視覚的なインパクトですわ」

ウサたんはにゃ～たんを指さす。「あー働いたら疲れたにゃ」と言いながら、ソファに自堕落に寝そべってテレビにリモコンを向けている。見たい番組が特にないのか、チャンネルは一秒か二秒で頻繁に切り替えられていた。

「視聴者は、こんな風にすぐチャンネルを変えますわ。最高の歌と曲を流しているとして、こんな状態でその良さが伝わると思いまして？」

「む、難しいかも」

イヌたん以外からも異論が出ないのを見て、言葉を重ねた。

「それに比べれば、激しい動きやキレのあるアクションは、ちらりと目に入っただけでも強い印象を与えますわ。それがわたくしたちのような美少女ならなおのこと」

「よう自分で言えるなあ」

シマたんの茶々は無視。

「最近ではＣＧで実現可能な動きではありますが……そんな疑い深い人たちをも捉えるのがこれですわ」

スマホを操作して、サイトを示す。

「……これ、アイドル専用の生放送番組よね？」

メイたんの言葉に肯《うなず》く。

「毎週五組に絞って出演させ、アイドルの紹介を掘り下げて楽曲もフルで歌わせる、魅力と実力をアピールするにはうってつけの――逆に言えば、見かけ倒しが通用しない――生番組ですわ。わたくしたちは来週、デビューライブ翌日のこの番組に出演し、生でダンスを披露して、視聴者の度肝を抜くのです」

「聞いてないでございますそんなこと!!」

ウマたんが顔を青ざめさせた。

「今、初めて言いましたから」

想像するだけで緊張に固まるウマたんを軽くあしらうウサたん。

「待て待て。アタシはどうすんだ？　テレビで飛ぶわけにもぴょんぴょん跳ねるわけにもいかないだろ？　歌う前後は歩くしかないんじゃないか？」

ピヨたんの疑問にも、ウサたんは笑いかけてみせた。

「そこは考えてありますわ。とにかく、当面の目標はデビューライブとそこに置き、がんがんレッスンしていきますわよ。ダンスは覚えて終わりではありませんし、歌ももっともっと伸ばす余地があります。ビジュアルだってまだまだ磨けることでしょう」

「にゃあは！　にゃあは何するにゃ？」

にゃ～たんがソファから飛び起きた。

「そうですわね。では、にゃ～たんにはチーズケーキを買ってきていただきたいですわ。このお店で、三時から個数限定で販売いたしますの」

「行ってくるにゃ！」

店の情報をプリントアウトしたものを渡され、にゃ～たんは嬉々《きき》として走り出す。

「ウサたん……にゃ～たんのこと、体《てい》よくパシリにしとらんか？」

「当の彼女が喜んでいるのだから、いいではありませんか」

二．デビューライブ！

デビューライブは、敢《あ》えて少し小さい会場を利用した。チケットは争奪気味になり、その騒ぎがさらに知名度を上げる源となる。

「箱が小さくても、いえ、箱が小さいからこそ常に勝る気合で臨みなさい！　デビューしたてのアイドルを見にわざわざ来てくれるほどのお客は、好印象を得たらこれからもずっと応援し続けてくれる公算が高いですわ！」

開演直前にウサたんが改めて注意する。

「にゃあは！　にゃあは何するにゃ？」

「そうですわね。では、にゃ～たんは最前列でお客と一緒に盛り上がっていてください。わたくしたちの改善点にも気づいたら指摘していただけるとありがたいですわ」

「わかったにゃ！」

にゃ～たんは矢のようにすっ飛んで行った。

＊

メンバーが配置につくとスポットライトが照らし出し、イントロが流れる。静かな出だしだが、次のフレーズで一変。

ステージ狭しと、干支神たちが走るように踊る。

シマたんは先陣を切って、特に激しく。

「シマたーん！　ワイルド可愛《かわい》いにゃ!!」

（真面目にやっとるようやな）

シマたんには弟子を気遣う余裕があった。


イヌたんが吠《ほ》えるような仕草を作りながら、喜色満面の笑みを浮かべる。

「イヌたーん！　元気可愛いにゃ!!」

（知り合いに見られるのは、何か恥ずかしいな。練習の時は普通に見せてたのに）

照れながらも、うれしさ楽しさが先に立ち、イヌたんはますます激しく動き回る。


メイたんが、花を模すようにゆらりと踊る。彼女のパートは一服の清涼剤。

「メイたーん！　癒《いや》し可愛いにゃ!!」

（うふ、ありがと、にゃ～たん）

メイたんが声のした方へ笑みを向けウインクすると、そちらの方向にいた観客たちが感極まったような息を漏らした。


アップテンポな曲調が、サビに入ってさらに加速する。

最後のフレーズで弾《はじ》けるように、六つの肉体が飛び跳ねる！

ツーコーラス目に入る。勢いは衰えない。

まずはウサたんのパート。朝のまどろみを歌詞では語るが、その夢はのんびりしたものではなくて、ウサたんはわちゃわちゃと動き回る。

「ウサたーん！　お上品可愛いにゃ!!」

（今のところ、ちゃんとやっているようですわね）

自身の歌とダンスや他のメンバーの動きを確認すると同時に、ウサたんは会場全体を見渡し、にゃ～たんの声までもチェックしていた。


ウマたんは、一心に前を見つめるイメージでパートを務めろと指導された。凛々しい表情にすれば、普段のおとなしさとのギャップ効果もあってきっと引き立つと。

「ウマたーん！　清楚《せいそ》可愛いにゃ!!」

（こんなうまくいくなんて、何かおかしいでございます。もしやこれから悪いことが起こる予兆なのかも……）

にゃ～たんの声援も耳に入らず、ウマたん自身は教えられたことをこなしながらネガティブな妄想をひたすらに膨らませていく。

ピヨたんだけは飛ぶように踊る。正確には、踊るように飛ぶ。

「ピヨたーん！　ツンツン可愛いにゃ!!」

（あのバカ猫、「可愛い」つければ何言ってもいいってもんじゃねえだろ！　ライブ終わったらくちばしで突き刺してやる！）

他のメンバーへの声援と比べてあまりに雑な言葉に、ピヨたんは一般客には気づかれない程度に顔を若干引きつらせた。

そして二度目のサビ。ダンスは側転やバク宙をふんだんに盛り込みながら、声量自体は落とさない。多少音程などに揺らぎがあるのは今後の課題と、歌い踊りながらもウサたんは冷静に考える。

転調をして、Cメロへ。歌詞は繰り返しつつ、メロディはより力強いものへ。

盛り上がって盛り上がって盛り上がって……フィナーレ。

喝采と拍手が会場を包んだ。

＊

デビューライブは大成功で終わった。客の熱気は非常に高く、そこには、野太い声たちに先

んじて場を牽引《けんいん》した、やたらやかましくにゃーにゃー言ってる少女の明るい声が影響していたのかもしれない。

後でネットでチェックすれば、好意的な感想が並んでいる。「最前列のネコ耳女うるせー」などという書き込みも見られたが、ご愛嬌《あいきょう》というところ。

次はテレビの生番組出演だ。

三．音楽番組生出演！

「続いてお出《い》でいただくのは、昨日デビューライブを終えたばかりの新星ユニット、『干支娘5＋1』のみなさんです！」

司会の流れるような紹介に促され、ウサたんたちが歩み出る。ただしそこにピヨたんは交じっていない。

そのすぐ後に、異様な一団が続いた。

屈強な四人の男。ボディビルダーのごとき彼らが担いでいるのは神輿《みこし》のようなもの。

その神輿には豪奢《ごうしゃ》な椅子が備えつけられ、悠然と足を組んだピヨたんが座っていた。

神輿をそっと床に置くと男たちは静かに姿を消す。

「え、えー……では、自己紹介を、みなさんお願いいたします」

「ピヨたんである。よしなに」

事前に教え込み、ピヨたんにはこれ以外何も言わせるつもりはなかった。ステージの外では寡黙な女王キャラとして売り出す狙いだ。

「シマたんや！　よろしゅう！」

「イヌたんだよ！　よろしくね！」

「メイたんよぉん」

ここまでは順当な運び。気弱なメンバーを、カメラの死角からそっと急《せ》かす。

「ウ、ウマたんでございます……」

「ウサたんですわ。『干支娘5＋1』、どうぞよろしくお願いいたします」

最後を締めて、トークに移行。ピヨたん以外へ特に指導はしていなかったが、シマたんとイヌたんはすんなりフレンドリーに振る舞えるし、メイたんとウマたんはいいアクセントになっている。もちろんウサたん自身も適度に発言して場を盛り上げる。

「では、そろそろ披露していただきましょう。『干支娘5＋1』で、『ケモノっ娘GOGO！』です！」

司会がしゃべる横で、ピヨたんが再び現れた男たちに神輿を担がれてステージへ。他は歩いていく。

ここまでは、この番組で初めて知った視聴者には、色物アイドルと思われていることだろう。ピヨたんの三歩対策の苦肉の策のインパクトが大きすぎる。

（けれど、それがひっくり返った時のインパクトもまた大きいはずですわ）

＊

一方、見学していたにゃ～たんは、妙な人懐っこさにより若手スタッフたちとずいぶん仲良くなっていた。

「仕事きついし上司の言ってること滅茶苦茶だし辞めたいんだよね」

「歌番組放送してるってのに、俺たちステージ見てる暇もろくにないしな。無意味な雑用ばっかやらされて」

「わかるにゃわかるにゃ、偉い連中は自分中心に世界が回ってると思い込んでるにゃ」

「てか、あのユニットどうなの？　いきなり出演して番組のトリだけど、あれどう見てもネタ系じゃない？」

ピヨたんを担いでステージに運ぶ神輿を指さして笑うスタッフ。

「んー、ああ見えてもまああかもしれないにゃ。ま、にゃあがいないせいで本来の実力の半分も出せてないと思うにゃ」

「言うねえ」

スタジオの片隅でひっそり雑談の花が咲くが、一人が仕事を思い出す。

「おい、そこの消火器、期限切れだから交換しなきゃいけないいんじゃなかったっけ」

「あー、んじゃ俺行って来るわ」

言って、消火器を手に出て行こうとした時、イントロが始まる。

彼がちらりと振り向いてステージを眺めると、そのまま動きが止まった。

手から消火器が落ちそうになるのを、にゃ～たんが慌てて受け止める。

周りを見れば、若手スタッフ全員が魅入られたようにステージに釘《くぎ》づけになっていた。

「……羨ましいにゃ」

呟《つぶや》きながら、深い意味もなくにゃ～たんは消火器を弄《いじ》る。

そのままぶらぶらとセットの近くへ歩いて行った。

＊

曲の終了とともに動きがピタリと止まり、ライトが落ちる。

静まり返ったスタジオに、スタッフたちが小さく息を呑《の》む音だけがかすかに聞こえた。

「『干支娘5＋1』による『ケモノっ娘GOGO！』でした！　いや、これは、実に素晴らしい！」

「ありがとうございます！」

司会の、決してお世辞ではなさそうな声を聞きながら、ウサたんは今回の番組出演の成功を確信した。

恐らくそれはブラウン管、もとい、液晶ディスプレーの向こうにいる視聴者たちも同じ。番組が終わったらネットの反応もチェックしてみよう。たぶん「なんだあのピヨたんとかいう女ｗｗｗ」といった書き込みが「ピヨたんすげえええええ！」などと変わっていることだろう。後はこれを、以降につなげていく。歌を終えた後も短いトークはあるのだ。

「『干支娘5＋1』の今後のご予定など、告知がありましたらどうぞ」

「そうですわね。まず大目標として」

一旦息を止め、宣言する。

「じゃぱんアイドルふぇす出演を目指します」

「それはまた……大きく出ましたね！」

じゃぱんアイドルふぇすとは、日本におけるトップアイドルへの登竜門である巨大なライブイベントだ。このライブで頂点に立てれば、世界進出すら夢ではない。

「有言実行がわたくしのモットーですので」

「そのための道筋はもう思い描いているということですか」

「はい。ファーストアルバムを近々リリースします。その中には、ウマたんの作詞した楽曲なども含まれます！　ご期待ください！」

ウサたんが宣言した瞬間、隣から悲鳴が上がる。

「ヒイッ?!　ウチが!?」

「おやおや、これはウマたんさんにとってもサプライズだったようですね」

「新鮮な感覚で取り組んでもらいたいと思いまして」

「ウ、ウチを差し置いて盛り上がらないでほしいんでございます!!」

「それではこの辺で。『干支娘５＋１』でした！」

「ありがとうございましたー!!」

ウマたん以外のユニットメンバーが頭を下げた瞬間。

「にゃあああああっ?!」

絶叫が上がり、セットに立つウサたんたちの方まで白い煙が流れ込んでくる。

「火事かしら?!」

「いえ、これは消火器自体の煙ですわ」

メイたんに応じつつ煙の発生先に目を向ければ、消火器のホースを持ちながらも勢いに振り回されているにゃ～たん。表情は狼狽《ろうばい》しまくっている。

二酸化炭素を高圧で噴射して消火するタイプなので、基本的に人体や機械には無害。ただしドライアイスのような効果を生んで、周囲は白い煙に包まれる。

（あの様子を見るに、不注意によるアクシデントの可能性が高そうですが）

カメラもそちらを向いている。騒ぎになって、注目を浴びようと考えた線も、このえと娘の場合ありうるのが怖い。

（何にせよ、頭の痛くなることを仕出かしてくれましたわね……）

こめかみを押さえながら、ウサたんは事態の収拾に乗り出した。

ユニットのインパクトを最大限に、ハプニングの悪影響を最小限に。やらねばならないことは山ほどありそうだ。

四．ウマたんの作詞チャレンジ

「ウチ、作詞なんかしたことないです！　無理でございます！」

にゃ～たんの仕出かしの後始末をどうにか終えて事務所まで帰ると、待っていたウマたんが泣き叫ぶ勢いでまくし立ててくる。

が、これくらいはもちろん予想の範囲内。

「にゃあは？　にゃあが作詞する曲はどれにゃ？　歌わなくても作詞印税がっぽがっぽで左うちわの三食昼寝付きにゃ！」

さっきこっぴどく怒られたばかりなのに、にゃ～たんのこのハイエナ、もとい、ハングリー精神とポジティブさだけはすごいとウサたんは密《ひそ》かに感心する。ただしアルバム収録曲十二曲のうちの一曲でそんな生活ができるには、どれほどアルバムあるいはその曲単体を売ってカラオケ使用料で稼げなければならないことか。

「ワイらも作詞するん？」

「やれっつってもアタシはやらねえぞ」

シマたんとピヨたんに振り向いて答える。

「いえ、それでしたらあの場できちんと告知いたしますわ。わたくし、ウマたんに特別目をつけておりましたのよ」

後半は、うつむいているウマたんの顔を覗《のぞ》き込んで言う。

「そんな……ウチ、そんなことできるわけないのでございます……あっ!!　これはアレですね、ドッキリ！　きっとウチが四苦八苦してのたうち回ってもがき苦しむさまを後でテレビに流してみんなでゲラゲラ笑うのでしょう！」

「落ち着きなさい」

ネガティブ全開の相手に引きずられてはいけない。ウサたんは冷静さを崩さずにウマたんの目を見つめて言い聞かせた。

「あなたの語感……言語センスは、それはそれは大したものだと前から思っておりました。干支の後半が人々に覚えられない理由、午《うま》の語呂の悪さ、それを日々突き詰めて考えてきたことは、きっとあなたの才能を磨いてきたはず！」

彼女の残念さの一因をなしている要素へ踏み込む。下手をするとさらにネガティブぶりが悪化するので、真顔で一気に押し切る。

「そんなあなたが作詞をすれば、それは独特の味わいを発揮し、きっと色々な人の心に残る歌を生み出せると、わたくしは信じているのです」

なお、干支の語呂は午から悪くなっているというのがこの世界での共通認識だが、ウサたんの私見においては、干支の後半が覚えられないのは午よりも未《ひつじ》の語呂によるものではないかと考えている。ねーうし・とらうー・たつみーと来るのに、次がうまひつじなのが問題で、たぶんうまひーなどならすんなり覚えられたのではないかと思うのだ。こんなこと口にしてウマたんが万一メイたんを逆恨みしたら困るので、絶対に口外はしないけれど。

「ウサたんが、ウチを信じて……」

ウマたんは感銘を受けたように呟く。ここを先途《せんど》と攻め込んだ。

「あなたはもっともっと輝けますわ。きっとこの作詞でも素晴らしいものを生み出せるはずです」

敢えて生放送でウマたんに話題を振ったのには理由がある。

メンバーの中では、ウマたんの売りが弱い。漫画やアニメのキャラなら清楚で控え目というのは大きな強みだが、現実のアイドルとしては前に出る積極性がないのはそれだけでマイナスだ。

しかし無茶振りとは思っていない。これくらいの要求には応じられるとプロデューサーとして判断した上でのことだ。

と言うか、この子の性格的に、これくらい追い込んで視野を狭めた方がうまく走れると思う。遮眼帯みたいなもので。

「おわかりになりましたわね？　それでは作詞をがんばってくださいませ。曲先《きょくせん》ではなく詞先《しせん》ですので、存分に力を振るってください」

曲先とは楽曲が先に準備され後からそれに合う歌詞を考える歌の作り方、詞先はその逆に歌詞を先に考えるやり方だ。曲に詞を当てはめる前者よりは、後者の方が作詞における自由度は高い。

「は、はい!!」

＊

その翌日。

「できました！」

「は、早いですわね……」

受け取った紙には、妙に弾んだウマたんの字が躍っていた。

馬は生まれうまうま美味《うま》いものを食べ
厩《うまや》を詣《まう》で舞う舞う馬の絵馬が舞う
馬は絵馬に埋まり生まれ変わり
……

（語感、という言葉を強調しすぎたかもしれませんわ）

読み進めながら、内心でウサたんは反省する。

「どうでございますか？」

ウマたんは目をキラキラさせてウサたんを見つめる。

「素敵ですわ。作曲家の方に回しますので、ウマたんはぜひ次の歌詞も書いてくださいませんか？」

ウサたんは顔色一つ変えずにそう言った。さらに、何か言おうとしたにゃ～たんの声を喉輪で封じる。

「はいっ！」

アーティストの気持ちをうまくコントロールするのも、プロデューサーの仕事のうちだ。ましてアーティストを傷つけるなど許されるわけもない。

＊

幸い、二曲目は穏当なアイドルソングに仕上がっていた。

一曲目は、数日後我に返ったウマたん自身が、血相変えて取り下げを願い出て来て、ウサたんもすんなり応じたのだった。

五．とても暑いある日の握手会

「暑いですわね……」

　握手会の会場は、予想以上に高い湿度と気温によって、異常に蒸し暑くなっていた。特設会場と言えば聞こえはいいが、ショッピングモール屋上の一角に急ごしらえした代物だ。ウサたんたちのいる、間仕切りのアコーディオンカーテンで構成された「控室」も、快適とは言えない。用意された扇風機をにゃ～たんが独占してるからなおさらだ。

「にゃ～たん、しんどいのはわかるけど、しゃんとせんかい」

　今回来ているのはフルメンバーではなく、ウサたんとシマたんとメイたんだけだった。シマたんが弟子を見兼ねて叱るが、にゃ～たんは応えない。

「こんな暑い時に働くなんて馬鹿げてるにゃ。だいたい、今にゃあがする仕事なんて何もないにゃ」

　ライブ・テレビ出演・アルバム発売と、活動が軌道に乗ってぐんぐん発展していくにつれ、にゃ～たんのやる気は反比例してどんどん減っていく。ただ、今回はにゃ～たんの言葉にも一理あった。

「段取りと手際が、悪いですわ」

ウサたんがスタッフの動きをそっと観察して顔をしかめる。この地方では大手のスーパー。条件が良かったので受けた仕事だが、この手のイベントには不慣れなのか、『干支娘５＋１』の人気を見誤ったのか、行列の整理などがうまくいっていない。

「かなり長い時間、待たされてるわよねぇ……」

メイたんは集まってくれたファンを気にする。炎天下、日陰になかなか入れず長い行列を辿《たど》らされている。先頭に立つような気合の入った人は帽子やペットボトルの飲み物準備など暑さ対策もばっちりだが、そんな人ばかりというわけでもない。

「メイ……決めた」

メイたんはすっくと立ち上がると、タオルを何本も手にし、クーラーボックスから大きなペットボトルを取り出した。察したシマたんは紙コップを山ほど準備する。ウサたんはメイたんたちを止めようと口を開きかけ、しかしやめると、スタッフが準備していた帽子を装備しつつメイたんとシマたんにもかぶらせて後に続く。

「どこ行くにゃ？　まだ時間じゃないにゃ」

「できることをやろうと思うのよぉ」

「あなたはそこで寝ていてけっこうですわ」

扇風機にしがみついて寝そべるにゃ～たんを残し、メイたんたちは控室を出た。

＊

「握手会の予定を少し変更いたしますわ！」

ウサたんの凛《りん》とした声が、湿気に濁った青空を突き抜けるように響いた。スタッフが慌てているが、無視する。

後で多少面倒なことになるかもしれないが、熱中症で倒れたファンが続出なんて事態よりははるかにマシだと判断してのことだ。

ユニットメンバーたちはファンを待つのではなく、自ら屋上を動いて握手をしていく。

「すみません、この握手が終わりましたら、速やかにお帰りくださいませ」

「は、はいっ！」

「変則的な形になってしまうけれど、これで勘弁してねぇ」

「メ、メイたんが手ずから汗を……！」

メイたんは握手するだけでなく、ファンたちの汗を拭いていく。

「こんな暑い中、おおきにな。はよ涼しいところで休んでな。あ、あんたらはタオルと飲み物と紙コップの追加よろしゅう」

「シマたん姐《ねえ》さんありがとうございます！　この紙コップは家宝にします！」

シマたんが紙コップに注いだ飲み物をファンに手渡していき、スタッフを走らせる。

「この日陰沿いに並んでいただくことにしましょう。わたくしたちはここで待ちますので、スタッフのみなさんは誘導をお願いいたします」

直射日光にさらされるエリアに並んでいた列をこなした後、隣の建物の陰になる部分を拠点とすることにした。

「わかりました。椅子と机を持ってきます！　……すみません、こちらの不手際で」

「お気になさらず。こちらこそ勝手なことをしてしまい申し訳ありません」

アイドルによる汗拭きとスポーツドリンク手渡しがセットになった握手会は、後々まで語り草となった。

＊

「にゃあだってできることくらいあるにゃ」

ウサたんたちが控室を出た後、にゃ～たんも控室を出た。ただし暑い屋上はすぐに通り抜け、階段を降りてクーラーの効いた建物の中に入る。

階段脇に、店舗が撤退したのか広い空間ができているスペースを見つけ、そこに立って手を叩《たた》き宣伝を始める。

「干支娘の握手会はこっちでやってるにゃ！　みんなおいでにゃ！」

すると人々が見る見る集まり始めた。

「握手してください！」

「サインしてください！」

勘違いしたファンたちが、にゃ～たんの手を握りしめ、にゃ～たんに色紙を差し出す。

「にゃ、にゃあは……」

誤解を解こうとしたにゃ～たんだが、人々のきらきらした瞳はにゃ～たんをアイドルと信じきっている。

アイドルとして扱われる気持ち良さに抗しきれず、思わずにゃ～たんは握手に応じてサインもしていた。

「にゃ～たんさん……新メンバーですか？」

「そ、そんな感じにゃ」

「ありがとうございます！」

やり取りを交わすたび、ソルラルが人々から得られる。実利的にも都合がいい。

にゃ～たんは調子に乗ってアイドルのふりをし続けた。

「がんばってください！　応援します！」

「期待は裏切らないにゃ。次のライブじゃセンター奪ってみせるにゃ」

「猫って、干支にはいないですよね？」

「あー、チミは知らんようだけど後ろの方にいるにゃ」

「私も干支娘になりたいです！」

「そりゃ無理……じゃなくて、あー、がんばって動物になればいずれ道は開けるかもしれないにゃ」

口から出まかせを並べながら、にゃ～たんは天下を取ったような気分に浸る。

だがそれは、三分天下だった。

「握手会は屋上ですよ？　シマたんさんやメイたんさんたちが来てる」

「こいつニセ干支娘だ、捕まえろ！」

「袋叩《ふくろだた》きにしてやる！」

「にゃあああああ！」

屋上から降りて来た熱心なファンたちが人だかりに気づいて大騒ぎに。捕まりそうになって、にゃ～たんは死に物狂いに逃げ出した。

ウサたんが後始末で面倒な思いをすることになったのは言うまでもない。

六．深夜ラジオのゲストになって

「今夜の深夜ラジオ、ボクだけ出るの？」

「お願いいたしますわ」

　不思議そうな顔をするイヌたんに、ウサたんは頼み込む。

「シマたんとピヨたんは関西でイベント、メイたんとウマたんは北海道でテレビ出演、わたくしはウサたんカンパニー《UTC》の方で溜《た》まっている仕事を片づけねばなりません。イヌたんだけが頼りなのです。一応、にゃ～たんには付き添ってもらいますが」

「ボクがんばるよ！　ひとりでも大丈夫！」

　ナチュラルににゃ～たんの存在を無視するイヌたん。基本的にテレビやラジオの仕事では手の空いたスタッフと駄弁《だべ》りつつ差し入れの弁当を食べる以外何もしてないにゃ～たんなので、無理のない反応だが。

「じゃ、テレビの仕事行って来るね。にゃ～たんとはラジオ局で合流ってことで」

　さらにウサたんは、寝坊して後から来たにゃ～たんに釘を刺す。

「にゃ～たん、この間のような騒ぎは起こしませんよう、お願いいたしますわ」

「それはもう、よくわかってるにゃ。アイドルの代わりに握手会するような真似《まね》は金輪際《こんりんざい》しないにゃ」

殊勝な口ぶりで言うが、言ってることがやたら限定的なのが引っかかる。

（生放送の消火器も、握手会の偽者騒ぎも、過失と言えば過失ではあるのですが……）

各スケジュールは動かしようがない。だからと言って、現段階で悪さをやらかすかもしれないからとにゃ～たんを拘束するのも難しい。

ひとまずは、野放しにするしかなかった。

＊

「『バロン大門のコホーテクL字ラジオ』。スペシャルウィーク二週目の今日も、豪華なゲストをお迎えしております。最近デビューのアイドルユニット『干支娘５＋１』から、メンバーのお一人、イヌたんです」

「こんばんは、イヌたんです！　よろしくお願いします！」

「はいどうも。他の五人はあれ？　『こんな深夜のクソラジオになんか出られるか』ってボイコット？」

「違うよ！　みんな色々用事があって……あ、シマたんは『ラジオの大門は毒舌やから、乗せられて変な発言せんように気ぃつけてな』とか言ってたけど」

「そればらしちゃダメだろ！　それが変な発言だよ!!」

「あ、あはは……それより！」

「急だなー」

「えっと、ボクらのユニット『干支娘5＋1』は、もう出てるデビューシングル、ファーストアルバムに続いて、セカンドシングルを二枚同時リリースするんだ！　ウサたんとメイたんが中心の曲と、シマたんとウマたんとピヨたんとボクがメインのやつとで二枚！　穏やかでのんびりした雰囲気と、みんなで本当に大騒ぎしてる感じの、どっちもボクたちの新しい魅力が出てるので、よろしくお願いします！」

「あの、具体名は？」

「えっと……忘れちゃった」

「おい！　いや、それは別にいいよ。でもトーク広げる前に告知全部終わっちゃったよ！　この後どうすんの!?」

「ボク、告知終わったから聞いてるだけでいい？」

「いやいやいやいや、そういうこと言わないで」

「でも本当に、やることなくなっちゃったし」

「え、ディレクター何メール持って来るの。うーん、じゃあ、とりあえずコーナー『十年後の中二病』やります！　って、何このリンリン鳴ってる自転車のベル？」

「遅れてごめんなさいにゃーっ!!」

「にゃ～たん?!　うわっ!!」

「イヌたん、君、そんな急に起き上がって大丈夫？　今、スタジオに突っ込んできた自転車に、かなり豪快に撥《は》ね飛ばされたんだけど！」

「へっちゃら、ボク頑丈だから！　それよりにゃ～たん何すんのさ!?」

「どうも！　『干支娘５＋１』マネージャーのにゃ～たんにゃ！　いやあ、今回は生放送だというのに遅刻してしまって申し訳ないにゃ。慌てて自転車を飛ばしていたら、勢い余ってスタジオに突っ込んでしまったにゃ」

「いやいや！　局入る時の警備員さんとか階段とかどうしたの!?　ここ十階だよ！」

「まあそんなのは些細《ささい》なことにゃ。せっかくだからここはにゃあの小粋なトークで聴取率をがっぽり稼がせてもらうにゃ。にゃあのことが気に入ったなら応援メッセージをうちの事務所へポストが壊れてサーバーがパンクするほど送れば、晴れてにゃあも『干支娘５＋１』の一員になれるにゃ」

「やだ、この子がっつき過ぎてて怖い」

「バロンさん下がって！　今からこの子つまみ出すから！」

「トークのトの字も知らない犬ころ風情がつまらんことをほざくにゃ。おとなしく負傷退場してればいいにゃ」

「ウサたんにダメ出しされたにゃ～たんには言われたくない！」

「……えー、何か、目の前でいきなりワイヤーアクションみたいなことが始まってますので、俺は身の安全のためにこのスタジオを脱出して空いてる第三スタジオへ移動します。ひとまずＣＭ！」

＊

「あのおバカ娘……！」

ウサたんカンパニーの事務所で各所からの報告をチェックしながら生放送に耳を傾けていたウサたんは、怒りにわなわなと震えた。

七．クイズ番組出演！

「『クイズ三本の矢』、今週もスタートです！」

ダンディなアナウンサーが美声を張り上げる。

「知識とスタミナと天運。クイズで必須とされる三要素ですが、すべてを兼ね備えた人はなかなかいません。しかし一本の矢では弱くとも三本束ねれば負けないという人たちも多いでしょう。今週はどちらのチームが勝利を掴《つか》むのか、ぜひ見届けてください！」

そのチームの一つとして、ウサたんたちは出演していた。正確には、スタジオにいるのはウサたんとピヨたんだけで、残るイヌたんは遠く離れた場所にいるのだが。

この番組は、芸能人三人と一般人三人の対抗戦だ。ウサたんチームの紹介後、一般人チームの紹介に移る。

「今回抽選で選ばれましたのは、にゃ～たんチームの皆さんです！」

「っ！」

スタジオの対面、ウサたんたちが座っているのと同じ周囲より高くなった席にやって来たにゃ～たんとウリたんを見て、さしものウサたんも激しく動揺する。

「図らずも、ケモノ娘コスプレ合戦の様相を呈した今回の対決！　果たしてどんな決着となり、どちらが罰ゲームを受けるのか？」

一旦休憩となった時、ウサたんの元ににゃ～たんがやって来る。

「停職中のあなたがどうしてこんなところに？」

「にゃあはこの番組が大好きで、たまたまハガキを送ったらとてもラッキーなことに当選したにゃ。別にマネージャーの仕事をしてるわけではないので、停職の言いつけを破ってはいないにゃ」

（白々しい……！）

自分の席に戻る前に、にゃ～たんは番組の若手女性スタッフと親しげに談笑していた。音楽番組などで何度か出入りするうちに仲良くなった相手だろう。

（スタッフを抱き込んで出演……？）

ウサたんも席を立ち、スタジオの隅で人目を忍ぶようにごま油のビンを手にしていたウリたんへ話を聞きに行った。

「どういうことですの？」

「にゃ～たんに一緒に出てくれる相手の都合がつかないと泣きつかれたので、師匠として……いや、友として動かざるを得なかったですです」

「それだけ、ですの？」

「それだけですです」

ウリたんを見つめるが、澄ました顔は底意を読ませない。

「まあ、いいですわ」

何かを企《たくら》んでいるかもしれないが、それは現時点ではわからない。わからないとわかったことを収穫としよう。

「勝つのはわたくしたちですから」

＊

「それではまずはスタミナ勝負！　今回の解答者たちは、鳥取砂丘で待機しています！」

スタジオのモニターに映るのは、イヌたんと……。

（ああ、彼女ならにゃ～たんが声をかければ必ず参加するでしょうね）

「にゃ～たん、ミーはユーにヴィクトリーをプレゼントするネ！」

砂丘をバックに仁王立ちしたモ～たんが、紹介されるのも待たずに吼《ほ》える。

「そして戻ったら、その時こそはにゃ～たんのジューシィなボディを存分にテイスティングさせてもらうネ！　大丈夫よ、痛くないようにして――」

女性スタッフに口を押さえられる。収録でよかったとウサたんはつくづく思う。発言の後半はカットされることだろう。

同時に、にゃ～たんが彼女をチーム内で唯一引き離したのも納得だった。アレとコンビでスタジオに入るのはその時点ですでに罰ゲームだし、面倒くさがりなにゃ～たんが体力勝負のクイズなんて選ぶはずもない。

（ただ、それは失策ですわね）

スタジオで司会が話を振る。

「リーダーのにゃ～たんさん、モ～たんさんに励ましのお言葉を」

「そのまま砂に埋もれて帰って来なければいいにゃ！」

「にゃ～たんはツンデレさんネ！　そこもキュート！」

「あはは……が、がんばるねー」

遅ればせながらイヌたんも挨拶を済ませる。

「普通にやれば、勝てると思いますわ。がんばって」

ウサたんはイヌたんに無難な激励をした。

「今回のスタミナ勝負は、ばらまきクイズ！　砂丘上空にヘリが滞空しているのが見えると思います。そこからばらまかれる問題用紙入りの封筒を拾って、解答席に戻って来てください。ただしハズレもありますのでご注意を！　先に三問正解した方が勝ちです！」

（この勝負、モ～たんには不利ですわ。ウリたんなら圧勝だったものを）

イヌたんとモ～たんがスタートラインで身構える。

「スタート！」

司会の声と同時、ヘリから数多くの封筒がばらまかれた。砂丘の中に散らばるそれらを目指してイヌたんとモ～たんは同時に走り出す。

イヌたんがたちまち先行する。走り回るのが好きなイヌたんにとって、この形式は相性が良

かった。

　一方のモ～たんは、全身を揺らすように走る。どことは言わないがぷるんぷるんだ。女体に興味津々な視聴者には天国のような光景だろう。さすがは干支神で見た目よりは速いが、イヌたんに伍《ご》するほどではない。

「先に帰って来たのは『干支娘５＋１』のイヌたんさんです！」

　現地でクイズを仕切る若手アナウンサーが声を張り上げた。彼に封筒を渡して解答席に着席する。普通に正解し、次の封筒を目指す。

　モ～たんはかなり遅れて戻って来た。

「……残念！」

　封を開けた若手アナウンサーが紙を見せる。そこには赤い字ででかでかと「ハズレ」の文字が記されていた。

「オーノォォォォォォッ！」

　大仰なリアクション。そしてまた駆け出す。すれ違ったイヌたんが持って来た封筒はこれもハズレだが、踵《きびす》を返したイヌたんはあっさりモ～たんを追い抜いた。

　別のカメラが、両者が画面方向へ走って来る姿を捉える。スポーティでとにかく元気な印象を与えるイヌたんに対し、モ～たんは喘《あえ》ぎまくっていて露出した肌のあちこちに砂がついていたりする。同じ画面に収まっているのが不思議にすら思える絵面だった。

時に間違えたり、ハズレを引いたりするものの、その後は逆転も起きず推移。

「三ポイント先取したのはイヌたんさん！　このクイズは『干支娘5＋1』チームの勝利です！」

まずは一勝。向かいの席ではにゃ〜たんが地団太を踏んでいる。

「何やっているにゃ！　このド変態！」

「ソーリーソーリー！　にゃ〜たん機嫌直すネ！　アイルビーバック！」

両者の掛け合いはスタジオをずいぶん盛り上げた。

「では次のクイズは天運！　対戦するのは『干支娘5＋1』のピヨたんさんと、にゃ〜たんチームのにゃ〜たんさんです！」

＊

「アタシは勝ちに行くからな。あのバカ猫、叩き潰《つぶ》してやる」

短い休憩時間の間に、ピヨたんがウサたんに小声で宣言する。

「存分におやりなさい」

ウサたんにも異論などなかった。

「二つ目に競うのは天運！　解答者にはひたすら択一クイズを解き続けてもらいます！　先に五問間違えたチームの負けです！」

知識が問われる最終戦をウリたんに任せるのは、戦略としては妥当だ。

運ならば、おバカなにゃ～たんにも勝つ目はあるかもしれない。

そこまで考えて、ウサたんは根本的な問題に気づく。

（まさかそんなことには……いえ、でも、にゃ～たんならそんなことも……）

気づきはしたが、すでにクイズが始まる寸前、今さら打つ手など思いつかない。

「ごくごく簡単な二択クイズを一問三秒で解き続けてもらいます！　スタート！」

そして始まるクイズ。「干支は子《ね》から始まる。◯か×か？」など、本当に簡単なのだが、それだけに絶対間違えられないというプレッシャーが時に指を惑わせる。何十問も解き続けた果ての誤答は、確かに運不運に近いものを思わせる。

しかし今回は、さっき気づいたウサたん以外にはまったく予想外の展開が待っていた。


「十問目で五問ミス！　にゃ～たんさん、過去最速の敗退です！」

「信じられないにゃ！　これはきっと何かの間違いにゃ！」

「確かににゃ～たんさんが間違えています！」

大真面目にうろたえるにゃ～たんを、司会は「歴代最短」などと弄るしかない。

その横で、本来の勝者であるピヨたんはすっかり放置されていた。

（完全に、食われましたわ！）

記憶喪失のにゃ～たんは、そもそもクイズ番組なんて出ても負けるしかないレベルでおバカになっている。なのに真剣に挑んで、負けて本気で悔しがっている。それはネタとしては極めて強烈だった。

一回戦でも目立ったのは、勝ったイヌたんよりも負けたモ～たんだ。ナイスバディをゆっさゆっさ揺らして駆けずり回る彼女の映像は、さぞ話題になることだろう。

ここまで、『干支娘5＋1』は完全な引き立て役になっていた。

にゃ～たんが意図してこの状況を作り出したとは考えられない。しかし……。

ウサたんは頭《こうべ》を回《めぐ》らせて、にゃ～たんと談笑していた若手スタッフを捜す。彼女は、ディレクターかプロデューサーか、上司らしき人物に何かを言われて笑みを浮かべている。彼女の笑顔には、賭けに勝ったような安堵感《あんどかん》も見て取れた。

こいつは使えると周囲に思わせる才能。賭けに出ようと判断させる、天性のタレント。

彼女をユニットに入れなかった自分の判断をウサたんは初めて悔やみ、次の瞬間にはそれでよかったのだと思い直した。

（こんな危険物、取り込んだらユニットが空中分解しますわ）

それよりも問題は、ここからどう立て直すかだ。このまま終わっては何のために出演したのかわからない。

（ひとまずは、最終戦ですわね）

すでにチームの勝敗も決した消化試合。しかしここで少しは盛り上げねば。

＊

「いよいよ最後は、クイズの本道・知識の勝負！　十問先取のシンプルな早押しクイズで最後の決着をつけていただきます！」

ウサたんはゆったりと腰を下ろした。相対するはウリたんだ。

「チームの勝敗は決まりましたが、まだすべてが確定したわけではありません！　もしウリたんさんがウサたんさんに五問差をつけて勝つことができたら、罰ゲームだけは回避できます。ただしその場合、単に十問先取しただけでは勝ちとならない無制限勝負に！　さあウリたんさん、どうします？」

「やるに決まってるにゃ！　罰ゲームなんかまっぴらにゃ！」

横からにゃ～たんが口を挟み、会場の笑いを誘う。

「やるですです」

ウサたんとウリたんの対決は熾烈《しれつ》を極めた。

ウリたんの知識は干支神トップクラス。豊富な知識で序盤からリードを奪い、何度も五問差での勝利にリーチをかける。

しかしウサたんは、早押しクイズにうってつけな能力を持っていた。同時に答えに気づいたなら、ウリたんよりほんのわずか速くボタンを押す。引っかけ問題で、ウリたんより速くニュアンスの変化を察知し、真の問いを推測して解答する。そんな風にして追いすがる。

いつしか会場は、消化試合であることを忘れたかのように、息を詰めて両者の戦いを見つめているようだった。

どれほどの時間が過ぎたのか。にゃ～たんはすっかり眠りこけている。

最後はウリたんがウサたんを突き放して五問差をつけ、勝利を収めた。

(負けたことは残念ですが)

これでにゃ～たんチームの罰ゲームはなくなった。これ以上彼女に場を持っていかれることはない。

ウサたんが安堵の息をついた時、最後の読み違いが起きる。

「にゃ～たん！　アイムバック！」

「おや、鳥取砂丘にいたはずのモ～たんさん！　どうやってここに？」

「この程度の距離、ラヴ・パゥワーでひとっ飛びネ！」

司会の疑問を簡単に片づけるとモ～たんは一気にスタジオ中央のセットまで駆け寄る。

干支神は全国各地の鳥居から鳥居へソルラルのロードでワープのごとく移動することが可能だ。だから、砂丘でのクイズが終わってすぐ来たとしても不思議はない。

（でもそれなら、なぜもっと早く、にゃ～たんにまとわりつかなかったのか……）

ウサたんの疑問は、モ～たんがにゃ～たんとウリたんの座る高い席に上がったことで氷解した。

「く、来るんじゃないにゃ！　あっち行くにゃ！」

「マイスイートにゃ～たん！　照れることないネ！」

「いえモ～たん、罰ゲームが発生してしまうので本当に上がってきちゃダメですです！」

「それこそがミーのデザイア、ここまで我慢していた理由ネ！」

にゃ～たんたちの制止を振り切り、モ～たんは豊かな肉体の重みを乗せて大きくジャンプ、床を踏み抜く！

（やっぱりモ～たんの狙いは最後の罰ゲーム！）

「にゃあああっ!!」

衝撃と重みで、本来罰ゲーム発動で外れるはずだった席の底が抜けた。

三者が落ちた先は、白いクリームだらけの水槽。大量のクリームが落下の衝撃を柔らかく受け止めた後、全身を真っ白にしたにゃ～たんたちが身を起こす。

「この色ボケホルスタイン！　今日は踏んだり蹴ったりにゃ！　責任取るにゃ！」

「お詫《わ》びににゃ～たんのことペロペロしてクリーニングしてあげるネ！　それがミーの責任の取り方ネ！」

「そ、そんなのいらないにゃ！　にゃあああああああああっ!!」

「これは、ひどいですです……」

美少女たちがクリームにまみれ、笑わせながらもエロい風情を醸し出している光景。特ににゃ～たんとモ～たんの絡みはどれほどの反響を呼ぶことか。

「何もかも、完全に、全部持っていかれましたわ……！」

試合に勝って勝負に負け、ウサたんは唇を噛《か》んだ。

八．肉を食べる子、スイーツ食べる子

「今度はグルメレポートの話が来ましたわ。肉を食べまくるレポートと、スイーツ食べ歩きのレポートの二つ。店はある程度決まっているようですが、こちらの希望も多少通るということ

ですわ」

　クイズ番組の翌日、気を取り直したウサたんは新しい仕事の説明をしていた。

にゃ～たんの停職はすでに解いた。野放しにして好き勝手されるよりは、手元に置いて監視した方がマシという判断だ。

「ピヨたんにはもう話したんか？」

　メンバーで唯一この場にいない彼女を気にしてシマたんが訊《たず》ねる。

「ええ。スイーツの方で打診したのですが、卵を使ってない店だけ選べるわけもないだろうし自分は抜ける、と」

「そっか……」

　ウサたんは両手を打ち合わせる。

「ということで、肉を食べる組とスイーツを食べる組に分かれてくださいな。まあ、調整の必要もないかとは思いますが」

　その通りになった。

「甘いもの苦手やしな」

「肉！　肉！　肉！」

　シマたんとイヌたんが肉チームに。残るウマたん・メイたん・ウサたんがスイーツチームになる。

「ウチら、草食ですから……だご汁は好きですけど」

ウマたんは後半を小さく呟いた。だご汁は熊本の汁料理で、小麦粉のだんごとたっぷりの野菜が中心だが、肉も入っていることが多い。

「共食いになるのは嫌だから、まあ、ねぇ」

「決まりですわね」

「収録は別の日にゃね？　ならにゃあはマネージャーとして、両方の収録に立ち会わなければならないにゃ。いやー、売れっ子のマネージャーは大変にゃねえ」

「せめて涎《よだれ》を拭いてから言ってくださらない？」

＊

シマたんとイヌたんが向かったのは、豚肉専門の料理店。鶏肉《とりにく》や馬肉・羊肉は元より、牛肉もちょっとためらわれて、こういうことになった。

豚も少しやばいところはあるが、まあ、イノシシとはまた別物ということで。日本以外の国では、亥《い》はブタであってイノシシとは区別されているし。

メニューから気になったものを残らず注文する。干支娘はソルラルを源として活動するので物理的制約は受けにくく、どれも普通の量だろうと全部食べられるのだが、さすがに少量ずつということにした。

「いやあ、すごいなあこれ」

　焼肉用のテーブルを埋めるのは豚ロースや豚ホルモンの皿。それらをシマたんはいそいそと網の上に並べる。

　すでによく熱せられている鉄網はジュウジュウと小気味よい音を立てて肉を焼き、脂が滴り落ちて炭火が燃え上がり、食欲をそそる煙が立ち込める。

「お肉お肉お肉。いただきます！」

　肉が焼けるのを待ちきれないイヌたんは焼肉より先に、隣のテーブルに到着していたソーセージをむしゃむしゃと食べる。皮をパリッと噛み破れば肉と肉汁が口の中を満たす。

　ポピュラーなウインナー、辛さがおいしいチョリソー、太くて食べ甲斐《がい》があるフランクフルト、あるいは骨付きソーセージ。

　どれもこれもおいしい。それだけ食べてもいいけれど、ケチャップやマスタード、カレー粉をかけてみてももちろんおいしい。

　イヌたんは骨をがじがじとかじり、うっとりした表情になった。

「ほれイヌたん、焼けたで」

　ほどよく焼けたロースにタレを絡めてイヌたんの口に入れる。母親に世話を焼かれる子どものよう。イヌたんは素直においしくいただいた。

「おいしー！」

「そらそやろな……いただきます。うん！　めっちゃうまい！」

シマたん自身もホルモンを口に放り込んだ。噛みごたえある弾力がたまらない。

焼肉を片づけていくうちに、他の料理もどんどん運ばれてくる。

「このベーコンの塊、おいしー！　肉を食べてるって実感がある！」

豚肉が絡めばたいていのものはメニューに載っている。

「メンチカツもコロッケも、カリッと揚がって中身はジューシーやでこれ！」

「回鍋肉《ホイコーロー》おいしー！」

「この豚玉もええ仕事しとるなあ」

粉もんが好きなシマたんは、お好み焼きに続いて豚まんも注文する。熱々の豚まんを無心に食べると、コメントする余裕はなかった。

「肉じゃがもおいしーよ！　さっきからボク、おいしーしか言ってないけど！」

「ミミガーのこのコリコリッとした歯触り、つまみにうってつけやし酒が欲しいとこやな。あ、ワイは二十歳超えてますんで」

豚肉は食べられる部位が多い。そして食べられるなら何だって食べる。当然のことだ。

「豚足の塩茹《しおゆ》でもいいよ。この、何て言うか、その、コラーゲンたっぷりって感じで」

「無理すんなや。おいしーでええやん」

続いては汁物。

「豚汁もええなあ、味噌《みそ》に豚の脂が溶け込んで、ゴボウやサトイモに絡んでたまらんで。ほんまにうまい」

「この肉豆腐もおいしーよ！　お肉はそぼろで、豆腐がしっかりしてる！」

しかしやっぱり、豚肉自体を味わう料理こそがメインと言えよう。

クライマックスに運ばれてきたのは、三品。

揚げられて美しい狐色《きつねいろ》の衣をまとう豚肉。

「トンカツやー！」

適度な薄さに切ったものを生姜《しょうが》のタレで焼いた豚肉。

「生姜焼き！」

そして、分厚く切られて照り輝く飴色《あめいろ》に煮られた豚肉。

「角煮！」

三品いずれも、肉料理の定番である茶系統の色。立ち上る湯気が運ぶ肉と油や調味料の匂い。作り立ての温かさ。五感を猛烈に刺激して、食欲をなおも駆り立てる。

「ああ、トンカツってやっぱうまいなあ……肉と衣のバランスが絶妙や……」

「生姜焼きおいしー……ご飯何杯でもいけるよ！」

角煮にも箸を伸ばす。けっこう大きな塊なのに、力を入れるまでもなくちぎれる。やわらかくやわらかく煮込んであるのだ。

「うわあ……口の中で肉がとろける……」

「おいしーおいしーおいしー！」

こうして、頼んだものは残らず食べ終えたのだが。

「まだまだ食い足りんなあ……」

思わずシマたんは呟いてしまっていた。スタッフがぎょっとしたのを見て、アイドルとしてはまずい発言だったかと思うが、隠せない本音。

イヌたんとともに、肉食獣の本能をあまりに強く掻《か》き立《た》てられてしまったようだ。

と、丸々と太った料理人がやって来た。この店の店主だという。

「おいしーお料理ありがとうございます！」

「ほんま、素敵な料理です。おおきに」

「こちらこそ、おいしく食べてくださってありがとうございます。……ところで、お二人ともまだ行けますか……？」

問いかけるその顔には、怖《おそ》れよりはむしろ期待の色が濃い。

「……行けるで」

シマたんはにやりと笑った。

「ボクも！」

「ならば、子豚の丸焼きをいかがです？」

「食べるー！」

「ええなあ！」

瞬時に迷いのない返答。

「さすがに時間がかかるので、少し待っていただきますが」

「ええよ。ならその間、このカレーいただこか。気になってたんや」

「ボクはハム！」

「ああ、チャーシューもええなあ」

「酢豚もください！」

スタッフが引いている気もするが、もう構わない。


数時間、あれこれ食べに食べ、少し昼寝もした後、最後の大物がやって来た。

ちょっと無理すれば人が寝られそうなくらい大きな銀の皿を、クロッシュと呼ばれる丸い蓋が覆っている。中に何があるのか、わくわくさせる光景だ。

シマたんもイヌたんも、期待に胸を躍らせて、息を合わせて蓋を開ける。

「さあて、いただきま……」

「……え？」

中には、にゃ～たんが眠りこけていた。

「ん？　どうしたにゃ？」

「おいバカ弟子――」

シマたんより速く、動く者がいた。

「豚の丸焼き、どうしたの？」

イヌたんがにゃ～たんの胸ぐらを掴み、問《と》い質《ただ》す。とても静かな声だった。

「さ、先に食べてやったにゃ……」

睨《にら》み据《す》えられたにゃ～たんは、強気に答えようとしたようだが、語尾は弱々しく消えていった。

「へえ」

「し、師匠たちがいけないんだにゃ！　自分たちだけで食べまくってにゃあにはちっともおこぼれが回ってこなくて、あんな酷《ひど》い拷問他にな――グエッ！」

イヌたんの拳が、にゃ～たんのみぞおちに突き刺さる。

「食べ物の恨みは恐ろしいって言葉、知らないの？」

普段よりはるかに低く冷たく感情のこもらない声で言う。

「食べてるのを見るのが一番酷い拷問なら、それよりちょっとぬるい拷問くらいは問題ないよね？」

イヌたんの制裁が始まった。

「少々騒がしゅうしてしまって、すんません。もしよかったら、もう一頭丸焼きこしらえてもらえます？」

「は、はい……」

シマたんはできるだけ礼儀正しくオーナーに訊ねる。やかましい悲鳴のせいで少し聞こえづらかったかもしれないが、どうにか通じたようだ。

番組スタッフと店の関係者は、全員目を逸らしていた。


改めて作ってもらった丸焼きが、ようやくシマたんとイヌたんの前に現れる。

頭から尻尾まで、生前の姿をそのままに焼き上がった豚。

「いただきます！」

声を揃《そろ》えて挑みかかる。

「脂がしつこくなくてさっぱりしてる！　これならいくらでも食べられるよ！」

「骨以外は全部食えそうやな！　食うで食うで！」

食べられる部位は一つも残さず、きれいに食べきった。

「ごちそーさまでした！」

「ごっそさん！」

「こんなに大量に、こんなにおいしそうに食べまくってくださったお客様は初めてです……番組の放映、楽しみにしています！」

店長が幸せそうな顔で一行を送り出す。途中の光景は忘れてくれたようで、シマたんとしても気が咎《とが》めずに済んだ。

「もがーっ！　もがーっ！」

猿轡《さるぐつわ》をかまされ簀《す》巻《ま》きにされてイヌたんにロープの端を持たれて地面を引きずられるにゃ～たんについては、全員が見なかったことにした。

＊

「すごかったようですわね」

「あれはちょっと……放映していいのか、少しためらうものがありました。いえ、あれはあれで、にゃ～たんさん絡みのあのシーン以外なら、意外な一面として魅力にもできると思いますが」

後日のスイーツ組収録の日。ウサたんに肉組の様子を語ったスタッフは大きく息をついてみせた。

「まあ、食べるのは大切ですわね」

シマたんとイヌたんの話を聞いて引いたわけでなく、また驚きもしない彼女に、スタッフは顔を強張《こわば》らせる。

「まさか、ウサたんさんたちも、あんなに……？」

「さあ、どうでしょう」

ウサたんたち一行は、ケーキバイキングから開始した。ここで多少羽目を外してケーキを食べ過ぎてしまったとしても、以降の店では少量ずつ食べる形にすれば問題ないというスタッフたちの判断による。

「このキャロットケーキ、絶品でございますね！」

「にんじんの甘さが活《い》かされていて、おいしいですわね」

いななくように声を張り上げたウマたんにウサたんが同意する。

ウマたんは目の前にあるものを行儀良く食べていく。ただしその量が尋常ではない。スタッフは眺めていて「鯨飲馬食」という言い回しを連想した。

いくら馬のコスプレをしてるからって、アイドルの清楚な女の子であるウマたんを形容していい言葉じゃない。しかし、それよりふさわしい言葉というのが、どう考えても出てこないのだ。

一方ウサたんは……よくわからなかった。

気がつくと、ウサたんの前に置かれた食べ物は消えている。そして優雅に紅茶を飲んでいる。

収録なのだからもちろんカメラを回しているのだが、何か、捉えきれていない。

　コメント自体は毎回適度に挟んでいるので、食べていることは間違いないし、グルメレポートとして仕事は成立しているのだが。

「このフルーツトマトをあしらったデコレーションケーキ、おいしいわあぁ」

　メイたんは一見ゆったりしたペース。日の当たる草原で草を食《は》む羊のような、のんびりした印象を与える。

　ただ、手と口の動きはまったく途切れることがない。もしゃもしゃ、もしゃもしゃ、もしゃもしゃと、いつまでも食べ続ける。

「このロールケーキ、生クリームがたっぷりで本当に大好き」

「モンブランのマロンクリームも最高でございます！」

「とは言え、クリームばかりではさすがにもたれますわね。ここはパウンドケーキで口直しいたしましょう」

「メイはこっちのタルトにするわ」

「ウチはバウムクーヘン！」

「ああ、おいしい。……では次は、ミルクレープに参りますわ。このクレープ生地と生クリームの積み重なり、つくづく芸術的ですわね」

「チーズケーキ、定番だけどやっぱりおいしいわ！」

「チョコレートケーキもうまいでございます！」

何個食べても食べ過ぎに苦しむ様子が見えない。一体いつまで食べ続けるのか。

「あの、みなさん、まだ収録がありますので……」

スタッフが恐る恐る声をかけると、驚愕《きょうがく》の返事。

「ペース配分はしておりますわ」

「それで?!」

「ではそろそろ次の店へ行くとして……最後はやはり、これでしょう」

運ばれてきたのは、ショートケーキ。セレクト自体は定番中の定番。

ただし、それぞれの前に一ホールずつ。

「ホールでないと食べたという気がしないでございますね」

ウマたんがフォークでがしがし掘り崩しながら食べていき。

「スポンジとクリームとフルーツの案配が絶妙ね」

メイたんが一定のペースを保ちながら着実に食べ続け。

「一品一品に手抜きがない、良いお店でしたわ」

ウサたんが、きれいに八等分したケーキを、誰の目にも見えない速さで一切れずつ消していった。

ウサたんとウマたんとメイたんは、後に草一本残さない勢いで食べ尽くしていく。

先日の肉食コンビとは違う。実に静かに表面的には穏やかに、根こそぎ食べていく。収録を続けながらスタッフはいつしか背筋を少し寒くさせていた。

以降の店でも、その食べっぷりは変わらなかった。

と同時に、同じくらいすごいものをスタッフは目撃する。

スタッフが少々引いているのは不思議だったが、ウサたんにとっては一軒目の収録は順調に進んだ。

雲行きが怪しくなってきたのは、二軒目の洋菓子店以降。

クッキーやキャラメル、シュークリーム、ドーナツにワッフルなど、ケーキ以外の洋菓子をおいしく味わっていると、視界の端に見慣れた顔がある。

「あ、こんにちはですです」

「何の用かしら？」

「用も何も、客としてお菓子を食べに来ただけですです」

ウリたんが、洋菓子を貪り食っていた。時折菓子にごま油をかけたりしてごま油の香りを周囲に充満させ、店内の注目を独り占めしている。

和菓子の店に行き羊羹《ようかん》や饅頭《まんじゅう》や最中《もなか》やカステラやどら焼きなどを楽しんでいれば、和服に眼鏡の落ち着いた雰囲気の女性がやって来る。

「おや、しばらく」

　にこやかに挨拶してきたドラたんが和菓子を次々と胃に収めていきながら、コメントをし始める。

「この質の良い甘さが、和菓子最大の魅力じゃのう。素材の味を活かす作り方をよくわかっておる。殊にこの店は、先代の後を継いだ若い店主が工夫を凝らしておって……」

「邪魔するおつもりでしたら帰っていただけません？」

「儂《わし》は独り言を言ってるだけじゃよ？」

　冷菓の専門店でアイスクリームやゼリーやプリンなどを満喫していると、氷いちごと赤ワインのゼリーとすいかのシャーベットを頼む異国風の女性が。

「こんにちは」

「今度はシャアたんまで……。何を企んでますの？」

「特に何も」

　無表情に言いながら、確かに何もせず、赤い冷菓をぱくぱく食べていくばかり。それでも気は散る。

「甘いものもお好きでしたの？　いつも赤いカレーを食べているから辛いもの好きとばかり」

「妾《わらわ》は甘いものも得意。赤ければなおさら好き」

　最後は駄菓子屋で、水飴《みずあめ》やドロップ、ガムや綿菓子などを楽しく選んでいると、やたらと元気なキーたんが後から店へ入って来る。

「撮影も終わりましたし帰りましょうか」

「ちょっと待って！　アタイだけノーリアクションで無視?!」


「あなたの差し金ですわね」

「何のことかにゃ？　すごい偶然なんじゃないかにゃ？」

ウサたんが与えたせんべいをバリボリ食べながら、にゃ～たんはしれっとした顔でごまかしにかかる。

前回のクイズ番組同様、ユニットに加えなかった干支神たちを駆り出している（モ～たんだけいなかったのは、にゃ～たん自身が絡まれるのを今回は避けるためだろうか）。

そして今日も、ウサたんに店ごとの食べ物をねだる一方で、スタッフたちとはどんどん仲良くなっていく。

示威行動、そして地盤固め。ただ適当にやっているだけかもしれないが。

（脅威であろうと、飼えば抑え込めると思っていましたが……）

すでにその段階は過ぎてしまったのかもしれない。

＊

二組のレポートは、放送されるや否や大反響を呼んだ。

単にアイドルたちの常軌を逸した大食いが騒ぎになっただけではなく、全員がとてもおいしそうに幸せそうに食べていた姿が評判になったのだ（収録の際はウリたんらが隣にいるせいであまり目立たなかったスイーツ組だが、彼女たち他の干支神を編集でうまくカットすると、そのインパクトはやはり鮮烈だった）。

食べ物関連のＣＭの話が次々と舞い込み、食べまくる姉妹が主人公のドラマ企画も持ち込まれた。シマたん・イヌたん組にはギャグやアクション路線、ウサたん・ウマたん・メイたん組にはホームドラマやコメディ系の話（そして一部、ミステリー系やホラー系）と、方向性は大きく分かれたが。

九．衝突、そして

アイドルユニット『干支娘５＋１』の活動は軌道に乗り、知名度と人気は倍々ゲームのように上がっていく。

そしてついに、ウサたんの待ち望んでいた朗報が届いた。

「じゃぱんアイドルふぇすへ出演することになりましたわ」

朝の打ち合わせでウサたんが告げたニュースに、メンバー全員が色めき立つ。一番盛り上がったのはにゃ～たんで、いきなり隣のシマたんにハイタッチを要求する。

「師匠、イエーイ！」

「イ、イエーイ」

「広い野外ステージは、音響や照明に頼っていては痛い目を見ますわ。ここで初披露する新曲も、これまでの持ち歌も、ふぇすへ向けてより歌と踊りの地力で魅せられるように特訓せねばなりません」

厳しめに言うが、メンバーがそれで怖気《おじけ》づくようなことはもうない。

「メイたんは健康と医療の番組に出演ですわね」

「がんばってくるわぁ」

「にゃ～たん、今日はボクらの仕事に付き合って」

「えー、飯テロドラマなんて、にゃあが食えないならお断りにゃ」

「そう言わんと。今日はにゃ～たんに毒、もとい、味見してもらうんやから」

「今、毒って言ったにゃ！　そう言えば今日の収録は見た目はうまそうなのにクソマズいもの食わされるとかいうエピソードにゃ！」

　今日の予定を各員へ割り振り、ウサたん自身は事務所に残ることに。

　溜まっていた書類を処理しようとしたところ、にゃ～たんだけが戻って来た。

「にゃあもそろそろ――」

「ユニットには入れませんわ」

「どうしてにゃ！」

「こちらこそどうしてと問い返したいですわ。ふぇすを控えたこの時期に、歌もダンスもダメダメな新メンバーなんか入れられるはずありませんわ」

　もう一つだけ、理由はある。

　この無軌道な娘にはウサたんのプロデュースが通用しないかもしれないという、かすかな、けれど拭えない不安。

「にゃあは……にゃあはこのユニットの穴を埋めてみせたいにゃ！」

「穴とは？」

「んぐ」

　瞬時に返されたにゃ～たんは言葉を詰まらせる。

「あ、あの、あれにゃ！　しょーぎょーしゅぎにおちいってるぎょーかいのたいしつをかいぜんして、アイドルをきぎょーからファンのもとにとりもどして……」

「で、本音は？」

「アイドルになってソルラルがっぽり手に入れたいにゃ。ユニットに潜り込めれば、ぐーたらしてても全国のファンからソルラルがいくらでももらえるにゃ」

軽く水を向けただけで、バケツの底が抜けたように願望が垂れ流しになった。

（まあ、こんなこと言っているうちは、まだまだ手元にいるでしょう）

ウサたんはそう判断して少し手綱を締めてみる。

「くだらない寝言はそれくらいにして、仕事に行ってほしいですわ。先ほども言いましたように、ふぇすが迫っているのですから」

「はあー……い、にゃ……」

出口に向かいかけたにゃ～たんが動きを止めた。

「…………」

「どうしましたの？」

「……ふっふっふ」

ウサたんへにゃ～たんが振り向く。何かを思いついたその目は、すっかり舞い上がって妙な優越感に満ちていた。

「ウサたん、もう一度聞くにゃ。にゃあをユニットに入れるつもりはないかにゃ？」

「にゃ～たん、何を考えついたか知りませんが、やめておいた方がいいと忠告しておきますわ。素人の閃《ひらめ》きなど九割九分大外れに終わるものですわ」

「にゃあをそこらの九十九人と一緒にされては困るにゃ」

ウサたんが何を言い返すよりも早く、にゃ～たんは踵《きびす》を返すと大仰な口調で言う。

「ならばこれにてお別れにゃ。さらばウサたん！」

にゃ～たんは、建物全体に響く勢いでドアを閉めて出て行った。

第三章……じゃぱんアイドルふぇす

一．新体制と猛特訓

にゃ～たんがいなくなっても、『干支娘《えと》5＋1』の活動に変化はない。

それどころか、彼女がいなくなったことで、却《かえ》っていくつかの面では物事がスムーズに運ぶようになっていた。

けれど、収録でスタジオに向かった時。

「あれ？　あのにゃーにゃー言ってた子は？　あ、いないの。残念だなあ。いや、別に何かしてもらったわけじゃない、どころか、食べてたお菓子横取りされたんだけど……すごくおいしそうに食べてたのが印象的でね。あのお菓子また買って来たんだけどなあ」

雑誌のインタビューを受けた時。

「あの、にゃ～たんさんは……あ、そうですか。この話を取りつけてくださったのはにゃ～たんさんで、お礼を言いたかったんですが……ええ、頼んだこっちが不安になるくらい強引に決めてくれて……」

　ああ見えて、存外人望などがあるらしいのは、つくづく不思議だ。

　しかしいなくなったものはしかたない。

「どこ行きよったかわからんの？」

「ええ。一応、戻ってきた場合に備えて、身分はマネージャー扱いのままにしていますけれど……」

「しゃあないな……」

「それよりシマたん、ふぇすに向けた新バージョンの振付、皆の覚えが微妙に悪いようなのですけれど？」

　ウサたんが注意すると、シマたんは頭をかく。いつもかっこよく着こなしているチャイナドレスも、心なしかくたびれて見えた。

「あー……それなんやけど」

「何かしら？」

「まず、みんなようやっとるというのはウサたんも承知やと思う。その上で、すごく無茶してるということも」

「それはそうでしょうね。わたくしたちは干支神なのですから、人よりもはるかに無理が利きます」

「うん、無理は利く。けれどやっぱりそれは『無理』であって、フィジカルはともかくメンタルはかなり参るんや」

「ですが、これまでは――」

言いさして、ウサたんは話の結論が見えた。

「あのバカ弟子がいたからなあ」

深々と吐息して、虎の娘は猫の不在を嘆く。

「どこまで、と言うか、そもそも計算してたかどうかも怪しいもんやけど、にゃ～たんが滅茶《めちゃ》苦茶《くちゃ》なことを言ったりやったりして場をかき回すことで、何かしら発散になっとったとこはあるんやなと、今さらながら気がついた。あれは、別の誰かが真似《まね》ようとしてすぐどうにかできるもんとはちゃうで」

「……ですが、現実問題として、彼女はもう当てにできません」

ウサたんの目が据わる。

「ならば、いなくともどうにかできるように、工夫するしかないじゃありませんか」

＊

「ふぇす直前の仕事みんなキャンセルって、気合入ってるわねぇ」

「それくらいの意義はあると判断しましたわ」

　ウサたんはメンバーをウサたんカンパニー《UTC》で準備した「合宿所」に導く。

「これは……広いねえ」

　思わず走り出そうとするイヌたんを、シマたんが制した。

「本来はふぇす会場を直接借りられれば早かったのですが、さすがに今からそれはできない相談でしたわ」

　ここは都内の大型ビル内の多目的ホール。

「ですが、突貫でセットを組んで、ステージの形と広さだけはどうにか再現しましたわ。これからふぇすまでの間に、みなさんにはこのステージの中でなすべき動きを総身《そうみ》に叩《たた》き込んでいただきます」

「叩き込むって、また大袈裟《おおげさ》な――」

「どうやら本気だぜ」

　ウマたんが笑おうとして喉を引きつらせ、ピヨたんが息を呑《の》む。

「広さだけではありませんわ。当日、会場で起こり得る二十六のアクシデントをマニュアル化いたしました。みなさんにはそれらへの対処も自然にこなせるよう、徹底的に覚え込んでいただきます」

言いながら、ウサたんの姿が変わる。

黒い制服に黒いブーツ、黒い帽子に黒い鞭《むち》。

「時間がないこともありまして、少々手荒になりますわ。あらかじめお詫《わ》びいたします」

そして、地獄の門が開いた。

＊

「あなた方は下等なケダモノですわ！　ケダモノはケダモノらしく、脳でものを覚えようなんて上等なことは考えず、脊髄《せきずい》反射で動けるようになさいまし!!」

「ウ、ウチらは人と神とをつなぐ干支神であって、ケダモノ呼ばわりされるのはちょっと、どうかと思うでございます……」

「そんな一丁前な口を叩くのは、歌とダンスを完璧に覚えてからになさい！」

ウサたんがウマたんの足元めがけて鞭を振るう。床に当たってピシリと鳴った。

「ヒヒィーッ！」

ウサたんはそこで距離を詰めると、一転して穏やかに語りかける。

「ウマたん、あなたはステージで無様な姿を晒《さら》すのがお望みですか？」

「そ、そんなことはないでございます。ウチは……こんなウチでも応援してくれる人たちに喜んでもらいたいから……」

「なら、最善を尽くすのです。お手伝いはいたしますわ」

「ピヨたん。あなたのその首の上に乗っているものは飾りですか？　いっそ切り落とした方が動きが身軽になって便利なのではなくて？」

ピヨたんの首筋にウサたんは指を当て、掻き切るように一撫《な》でする。

「や、やめてくれ、アタシは首無しマイクじゃないんだ！」

「特別な動きを強いられる苦労は承知しております。ですが、あなたならばこれしきのハンデは乗り越えられると期待もしているのです」

「メイたん。ダンスのキレに進歩がありませんわ」

「は、はあい……」

心優しいメイたんを叱りつけるのは他のメンバーを叱る以上に気が咎《とが》めるが、ひとりだけ優遇もできない。

「あなたの優しさと愛を疑う人などいないでしょう。でも、ファンにそれを伝えるためにステージ上で必要なのは、思いをダンスや歌という形に表すことなのです」

「メ、メイ、がんばるっ！」

「シマたんは、まだかすかに照れがありますわね。それが十全なパフォーマンスの発揮を妨げているると、ようやくわかりましたわ」

「と言われてもなあ。具体的にはどないせえっちゅうの？」

「簡単なことですわ。愛されたいという欲望を、もっと前面に出して強くアピールすればよいのです」

「そ……そない恥ずかしいことできるかい！」

「あなたはアイドルなのですよ？　それしきのこともできないならば、荷物をまとめて甲子園へ逃げ帰りなさい」

鞭の柄尻《つかじり》をシマたんにグリグリと当てた。

「プロデューサー自らスカウトしといて後からこんな罵声浴びせるなんてなかなかできることやないで……」

「なかなか覚えられないよ……どうしよう……」

「イヌたん、深く考えることはないのです。餌《えさ》を食べる時に毎度ベルが鳴れば、そのうちベルが鳴るだけで涎《よだれ》を垂らすでしょう？　音楽と歌や踊りをそのレベルで結びつけてしまえばいいだけですわ」

「それってつまり、条件反射だよね……」

「それが何か？」

ウサたんはイヌたんの頭を優しく優しく撫でる。

「何も思い煩わない犬の生活とは、悩みとは無縁な素晴らしいものだと思ったことはありませんか？　ペットは主人の声にただ従えばよいのですよ」

「犬……ボク……ペット……？」


自身のレベルアップとともに周囲を引っぱり上げる。しかし取り組みながらも意識してしまうのは、今ここにいないにゃ～たんのこと。

真面目で一生懸命なユニットメンバーは、あのいいかげんででたらめな娘に比べれば実に扱いやすく読みやすい。けれどそれが逆に不安をそそる。向こうは一体何をどう仕掛けてくるのか。焦りを覚えてしまう。

読めない相手に対して、読める味方しかいないというのは頼りなく思えた。

……せめて。

もっともっと、意識の統一を図らねば。

「みなさん、一休みしてくださいませ」

声をかけ、手を鳴らして注目を集める。心身ともに疲れきった彼女たちは、実に素直にこちらを向いた。

対話を始める。ごく他愛ない世間話で緊張をほぐし、やがて自分の望む方向へ意見を誘導していく。

ウサたんはプロデュースのプロ、略してウサピーピー。その圧倒的な説得力をもって、自分の意志を相手に浸透させる。


「あなたたちの目標は何ですか！」

『アイドルになることです』

「声が小さいッ！」

『アイドルになることであります！』

＊

ふぇす当日の早朝。

「実にいい面構えですわ……掛け値なしに」

居並ぶメンバーを見渡して、ウサたんは満足する。

全員、骨の髄まで調教、もとい、猛特訓され、もはや泣いたり笑ったりできなくなっていた。

直立不動でウサたんの指示を待っている。

もちろん、ステージが始まれば話は別だ。満面の笑みを浮かべて歌い踊り、時には指示次第で涙を流しもするだろう。

「最後にリハーサルいたしますわ」

『イエス、マム！』

五つの声が完璧に重なった。

ウサたんは、ウサたんカンパニーで忠実に働くイナバーマンたちを大量に呼び寄せると（もちろん、時間外手当はしっかり払う）、彼らを観客役に即席でライブを始める。

ユニットが一糸乱れぬ統一感で披露する、ボーカル！　ダンス！　スマイル！

そして歌の合間に繰り広げられるMCには、ピヨたんまでも参加している。ただしこのしゃべりは、全員が完全台本だ。

そして二曲目が終盤を迎えようとした時。

「う、うおおおおっ！」

イナバーマンの一人が興奮熱狂し、冷凍マグロを抱えてステージ上に躍り込んだ！

もちろんこれは、そういう体《てい》。ウサたんが想定した二十六のアクシデントの一つ。

一番近くにいたイヌたんが難なく対処し、取り押さえると警備員役のイナバーマンに引き渡す。もちろんこのアクシデントが起きるとリハーサルをする前に言い渡されていたわけではない。

これ以外にも、「熊とゴリラが取っ組み合いながら会場に突っ込んできた場合」や「ファンが持病の癪《しゃく》で倒れた場合」「歌う寸前に機器が故障した場合」など、様々なケースに備えている。

「……完璧ですわ」

ウサたんがそう呟《つぶや》いたのは、果たして誰に向けての言葉だったのか。

二．謎のユニット登場!?

ウサたんたちは車内で睡眠を取りながら、じゃぱんアイドルふぇすの会場へ向かった。

会場は、東京近郊の野外ステージだ。今日は午後に天気が崩れるおそれもあるようだが、長く続いてきたイベントで、出演者もスタッフも観客も備えはできている。

「様々なユニットが出演していますが……」

目を覚ましたウサたんは、有力ユニットのパフォーマンスを録画でチェックしていく。しかし、野外での歌は音の響きが設備の整った屋内とは大きく違う。機器に頼るボーカル主体のアイドルには非常に分が悪い舞台だ。知名度などで事前に優位に立っていても、それでは台無しである。

「あら？」

ウサたんは一つの無名ユニットに目を留めた。『干支娘５＋１』の直前に登場するユニットだ。ユニット名は『ＲＥ６（仮）』。

「みなさん、このユニットについて聞いたことは？」

目を覚まし始めた他のメンバーにウサたんは聞くが、「ノー、マム」と簡潔な返事が返ってくるばかり。

「ここはふぇすのステージじゃありませんわよ」

言ってパンと手を叩くと、一同は我に返る。

「あれ？　ここはどこや？　合宿は……」

かなり記憶が混濁しているが、ステージに上げれば特訓の成果は体が思い出すはず。問題はない。

改めて訊《たず》ねるが、このユニットについて知る者はいなかった。

「泡沫《ほうまつ》ユニットってことやろ？　気にすることないんちゃうか？」

「それはそうなのですが」

ふぇすに参加するにはある程度の知名度がなければならない。さもなくば、何かのコネとか、事務所の仕掛けとか。

「挨拶くらいはしてみようかと思いますわ」

そう言った時、車は会場に到着した。

「うわ……ごっついなあ」

二つのユニットの楽屋の位置は隣接しているが、そこへ入ろうとしている一団の姿にウサたんたちは度肝を抜かれる。

暑い盛りだというのに、全身を覆う黒いローブ。頭のてっぺんは尖《とが》っていて、身長も容易には推測できない。あからさまに怪しい六人組だった。

と、その一人がウサたんたちに顔を向ける。

「…………」

無言で喉を掻き切る仕草をすると、ドアの向こうへ消えていった。

＊

「なんだあいつら、ふざけんな！」

「怒る気持ちはわかるけどもうすぐステージよぉ。支度しないといけないわ」

「ステージ……うっ、なぜか頭が痛むでございます……」

　怒り心頭に発したピヨたんと、なだめるメイたん、トラウマが生じてしまったらしいウマたん。彼女たちのやり取りを横目に、ウサたんは書類を調べる。

「なるほど……」

「何かわかったの？」

「『ＲＥ６（仮）』の事務所は、かつてウサたんカンパニーの傘下に収めた芸能事務所でしたわ。所属タレントが移籍や引退して今は開店休業状態のペーパー事務所だったのを、今回のダミーに用いたのですわね」

　イヌたんに説明しながら、ウサたんは考えをまとめる。

「ちなみに『ＲＥ６』とは『リアル・エトムスメ・シックス』の略称だそうですわ」

　その視線は書類を離れ、ステージを映すモニターをひたと見つめていた。

　もうすぐ『ＲＥ６（仮）』の出番だ。

「そしてわたくしたちの直前に出番をねじ込んでいたのは、『干支娘５＋１』の前座扱いを自ら申し出ていたから。そんなことができるのは、マネージャーのマネージャーという立場を利用できた彼女しか――」

「よくわかったにゃ」

　ノックもせず楽屋のドアを開け、ローブ姿の六人が踏み入ってきた。そして中央の一人が声を張り上げる。

「優しいウリたん！」

「友の頼みに応じて参上したですです」

声に合わせて一人がローブを脱ぐと、そこには小さなウリたんがいた。凛々《りり》しくウサたんたちに対峙《たいじ》する。

「明るいキーたん！」

「アタイもアイドルやってみたかったんだ！」

キーたんが不敵に笑う。

「タフなモ～たん！」

「ラヴの戦士モ～たんネ！」

ナイスバディを前面に押し出してモ～たんが胸を張った。

「クールなシャアたん！」

「ウサたんカンパニーの業績が停滞中よ……株価に反映されてしまう前に、手を打ってほしい……」

気だるげに、しかし艶《なま》めかしく姿を見せるシャアたん。

「常識的なドラたん！」

「何やそれ!?」

「そこは言わんでくれ……儂《わし》もやめてくれと言ったんじゃが……『ロリババアとの二択』と言い張られると……」

シマたんがたまらずツッコミを入れ、ドラたんが顔を赤くした。

「そしてセンターは、元気なにゃ～たん！」

予想通りの顔が、満を持して最後に現れる。

「『RE6』とは世を忍ぶ仮の名前！　にゃあたちの真のユニット名は『ダメっこ動物』！　ウサたんに切り捨てられたにゃあたちだけど、こんなにゃあたちでも生きていっていいはずにゃ！」

「別に、生きるなとまで言った覚えはありませんけれど……」

ウサたんの至極当然な指摘を無視し、にゃ～たんは意味不明なまでにボルテージを上げていく。

「長年の下積み……アイドル地獄で女を磨き、雑草を食《は》み泥水を啜《すす》るような思いでのし上がったにゃあたちを甘く見ない方がいいにゃ」

「ええと……にゃ～たんが飛び出してからほとんど時間は経《た》っていないのですが……」

ずいぶん短期間の「長年」もあったものである。そもそも、反則じみたやり口でふぇすに紛れ込んだわけで「下積み」すらしていないし。

ウサたんの見立てでは、ウリたんとキーたんがにゃ～たんのノリに付き合い、モ～たんはにゃ～たんに声をかけられたから何でもよくて、シャアたんとドラたんは暴走しないためのお目付け役というところに見えた。それなりにメンバーのバランスは取れていると言えるかもしれない。

「にゃあたちはすべてのアイドルを終わらせる、アイドルユニットの最終兵器！　新世代を切り開く愛と豊穣《ほうじょう》の黙示録にゃ！」

もう何を言っているのかウサたんにはついていけない。いや、表情を見るに、同じユニットのメンバーたちもわかっていない。唯一幸せそうな顔をしている変態は、そもそも話を聞いてないだろうから除外。

「『ＲＥ６（仮）』のみなさん！　早くステージに上がってください！」

「ご、ごめんなさいにゃ！　今行きますにゃ！」

捜しに来たスタッフの殺気立った剣幕《けんまく》にぺこぺこ頭を下げながら、にゃ～たんを先頭に『ダメっこ動物』は慌ただしく去って行った。

＊

「ウサたん、楽しそうやな」

楽屋のモニターをじっと見つめ、にゃ～たんたちの出番を待っていると、シマたんに声をかけられた。

「楽しいわけなんてありませんわ。どんな無様を晒《さら》してわたくしたちの迷惑になるか、しっかりチェックしておいて後でフォローしなければならないというだけの話ですわ」

そう答えながらも、ウサたんは、確かにどこか心躍る感覚を抱いていた。

にゃ～たんの爆発力は侮れない。記憶を失ったせいもあっておバカぶりは昔より悲惨なことになっているが、それでも直感的に正鵠《せいこく》を射るセンスは大したものだ。

もし彼女の力がまっすぐに間違いなく発揮されたら。

ひょっとしたら『ダメっこ動物』は『干支娘5＋1』を食ってしまうかもしれない。

名プロデューサーであるウサたんが見切りをつけた落ちこぼれたちが、自分たちの意志で寄り集まり、誰も予想していなかった才能を発揮して、エリートたちを打倒する。B級映画にありがちな、月並みで、でも人の心を惹《ひ》きつけるストーリー。多くの人がしばしば夢見る、奇跡の逆転劇。

食われる側の立場にありながら、ウサたんは、その想像を楽しんでいた。

(もちろん、むざむざやられておしまいになるつもりはありませんけれど)

どう巻き返すか、いかに反撃するか、夢想しながらウサたんはモニターの向こうのにゃ～たんたちを見つめる。

空をにわかに暗雲が覆い、波乱の予感を匂わせた。

『ダメっこ動物』、これがデビュー戦にゃ！　にゃあたちのコンセプトは『ダメだっていいじゃない！　だって生きてるんだもん!!』にゃ！　これは、ダメなところがあるみんなへの応援歌にゃ!!」

力強い宣言から、ステージが幕を開けた。

＊

「…………」

「……きゅ、急ごしらえにしてはがんばってたよね！」

「……見ているウチの方が恥ずかしくて身悶《みもだ》えしそうになったでございます……」

「……アイドルって、一朝一夕じゃできないのねぇ」

「……干支神の恥さらしじゃねえか」

「……しゃあないなあ、もう……」

奇跡は、滅多《めった》に起きないから奇跡と呼ばれるのである。

歌詞はど忘れする、メロディも覚えてない、ダンスもヘロヘロ、衣装すら統一感を欠いている、MCもいきなり噛《か》んでグダグダ……「新人アイドルの失敗例」とタイトルをつけて額に飾りたくなるような、悲惨なステージだった。

ダメな子たちは、やっぱりダメダメ。そんな当たり前すぎる結論に、観客のテンションもどこまでも落ちていく。

「まるで成長していないですわね……」

意余って力足らずとでもいうところか。「ダメ」を謳《うた》い「ダメ」な人たちを応援するというコンセプトは悪いわけもない（ダメでない人など、この世にほとんどいないのだから）が、その思いを実現するには何もかもダメではダメなのだ。

にゃ～たんを鼻で笑いつつも、失望も隠しきれないウサたんだった。

三．アクシデントの果てに

直前のユニットがああも酷《ひど》い失敗をすると、喜ぶどころの騒ぎではない。観客に活気を取り戻すところから一苦労だ。

しかし、それはそれで手慣れたものである。伊達《だて》にこれまでアイドルとしての経験を積んできたわけではない。

「行きますわよ」

ステージを目の前にしてウサたんが声をかければ、調教の甲斐《かい》あって「イエス、マム」の返答がきれいに揃《そろ》う。舞台の上でこれをやったら興ざめだが、イントロさえ始まれば肉体に刻み込んだ記憶が最上のパフォーマンスを披露するはず。

「お待たせいたしました！　『干支娘5＋1』、見参ですわ!!」

ステージへ飛び込み、ウサたんたちが観客を釘付《くぎづ》けにする。

折からの暗い曇り空だって吹き飛ばしてみせるとばかりに、高らかに歌い出した。

＊

人里離れた野外ステージは、今、人の波に埋め尽くされていた。

人の熱気が高い気温をさらに上げる。販売所では色とりどりで目にも鮮やかなグッズがあれこれ販売されている。あちこちの屋台からはチープなごちそうのおいしそうな匂いも漂ってくる。

しかし、今現在の主役はやはり音。

ウサたんたち『干支娘5＋1』の歌声が、演奏の追い風を受けて会場に響き渡る！

ファンを虜《とりこ》にし、改めて熱狂させる歌。たとえ別のアイドルを目当てに来た観客でも惹きつけずにおかない歌。スタジオで万全の形で録音された歌とは違う、しかし観客と共鳴し合うような、今ここでしか聞けない歌。

と同時に、ステージをフル活用したダンスが、観客の視覚をも捉えて離さない。キレのあるダンスは特訓の甲斐あって順調だ。


一曲目の途中で、すでにウサたんは成功を確信した。

あの「前座」の体たらくを一掃し、観客の意識を鷲掴《わしづか》みにできている。

派手に動くダンスを続けながら、声量も大きく保って音の散りやすい野外ライブに対応。観客の耳目を完全に魅了できている。

だがそこで、会場に不穏な空気を感じた。

「ウサたーん！　お嬢様可愛《かわい》いにゃ！」

その声と台詞《せりふ》だけで誰かわかる。直前にステージで生き恥晒すような真似をして、よく顔を出せるものだとウサたんは思いつつ、歌いながら声の方向に目を向けた。

声の主――いや、にゃ〜たんでいいだろう――は、最前列に陣取り、どこで買ったのか女児向けアニメのお面をかぶっていた。一応、羞恥心はあったらしい。

だが、単に声援してるだけならいいのだが、にゃ〜たんの手には熊手みたいに枝分かれした大掛かりなペンライトが握られていた。複数のものを連結した、本来ライブには持ち込みが禁止されている改造型だ（と言うか、昼間のライブになぜそんなものを！）。席の後ろの観客たちがすごく迷惑そうにしている。

（嫌がらせ？　妨害工作？）

考えるが、わからない。にゃ～たんはダメな子だが、そういう陰湿な真似はしないように思う。応援自体は他意もなさそうだし。

ただ、トラブルは現に起きていて、それへの対処はするしかない。

ピヨたんに目配せしつつハンドサインで指示すると、ピヨたんはダンスの振付を乱すことなく、ポケットから羽根を取り出してにゃ～たんに投げつけた。その羽根はブーメランのように軌道を変えながら、にゃ～たんの手から改造ペンライトを奪い取り、ステージの端へと持ち去る。スタッフがすぐさま拾い上げて持ち去った。

にゃ～たんの様子を窺《うかが》えば、隣の男性客にペコペコ頭を下げている。彼の持ち物だったらしい。

それでおとなしくなるかと思いきや、今度はその客や周囲の人間と一緒になって、ジャンプや手拍子や歓声が異様に激しくなり始めた。当然、周囲にはいい迷惑。

（天性の煽《あお》り体質とでも呼ぶべきですわね）

にゃ～たんに悪気はなさそうだ。しかし周囲の人間を巻き込み、化学反応を生じさせ、それは今回悪い形で結実しつつある。

（では）

メイたんに指示。振付を急遽《きゅうきょ》変更して前に出てもらい、得意技を使ってもらう。

癒《いや》しが得意なメイたんは戦闘に不向きだが、人間を傷つけるわけにいかないこんな場合は一番頼りになるとも言えた。

ダンスの仕草の一環のように、腕を振るう。迷惑行為をヒートアップさせようとしていた客たちがピンポイントで癒され、落ち着きを取り戻していった。

座り込んだ客たち。にゃ～たんも、周囲の異常におとなしくなった。

トラブルはあれど、概《おお》ね無事に一曲目を終えた『干支娘５＋１』。

ほどよい熱とざわめきに包まれる中、ウサたんが口を開く。

「皆さま、本日は『干支娘５＋１』のステージに来てくださいまして本当にありがとうございます！」

「今日は、良いお日柄で何より」

「って曇り空だよピヨたん！」

「珍しくしゃべったと思ったら、何トンチンカンなこと言っとんや！」

曇り空用に考えておいた完全台本のＭＣを続けながら、次の準備へ。

＊

そして二曲目が始まろうとする。

（唯一の問題と言えば、天候ですが……）

空は相変わらず曇っている。今にも雨が降り落ちそうな黒い雲。

（もうしばらく、わたくしたちの出番の間だけでも降らずにいれば幸運というものですけれど……）

そんな都合のいい願いは叶《かな》わなかった。

雨が降ったわけではない。

代わりに落ちたのは、雷。

大音量と同時に、ステージすぐ近くの大木に天からの稲光が突き刺さる！

マイクが歌声を広げない。光量を補っていた周辺の明かりが落ちる。

停電だ。

そして落雷した木が、パチパチと火の粉を散らし、周辺の下草に燃え移っていく。

火事！

木の近くに観客やスタッフはいなかった。木がいきなり倒れるおそれも、今のところなさそうだ。火の勢いも急激なものではない。ラッキーと言えばラッキー。

だが、放置していいわけはない。

雨はまだ降り出さず、火は消えもせずにチロチロと、しかし着実にその舌を周囲に延ばしていく。何かの拍子に燃えやすいものに引火したら、その勢いは一気に増してしまうかもしれない。

　観客は観客で、周囲を窺うようにじっとしている。せっかくの『干支娘5+1』のライブを見逃したくないといった気持ちもあるのかもしれない。しかしパニックに陥ってはいけない、という思いが正常性バイアス――別に大したことはない、危険はない、という思い込み――に転じてしまっていて、これはこれで危険だ。

　なるべく早く避難させないと。

　けれどスタッフもまだ右往左往している。

　火災と停電の同時発生。それはウサたんも想定していなかった特別な事態。うろたえるのは無理もないかと思う。

　であるならば、干支神としてウサたんたちが動くべきなのだが。

　見渡す他のメンバーは、フリーズしていた。

　人の子ならば不思議でない姿、しかし人を助ける干支神としてはあるまじき姿。

（訓練を徹底しすぎてしまいましたわ！）

　このステージ上ですべきことは歌い踊り微笑《ほほえ》みかけること。それ以外は何もするなと教え込むに等しい特訓は、彼女たちから柔軟な思考を奪い去っていた。さすがにこの状況で歌い出すほど愚かな真似はしていなかったが、それでも誰かの指示を待つように虚《うつ》ろな顔になってしまっている。

ウサたんは臍《ほぞ》を噛む思いだった。

その時。

「こっちへ来るにゃ！　避難しないと危ないにゃ！」

いつの間にか最前列から後方へ移動していたにゃ～たんが、声を張り上げていた。

「煙を吸わないように気をつけて、火から離れるですです！」

「転ばないように注意するのじゃぞ！」

他の『ダメっこ動物』メンバーである干支神たちも、避難誘導にとりかかっている。

だけれど。

「てんでバラバラではないですの……！」

個々の誘導には何の統一性もない。シャアたんが逃げろと示す先ではキーたんがシャアたんのいる方へ逃がそうとしていたり、場を混乱させかねない。

どうすればいいのか。どう動き、どう周りを動かせば最善なのか。

追い詰められた状態でウサたんは必死に考え。

「あなたがた、何をやっているんですの！」

まずはステージを駆け下りると、瞬足の動きでにゃ～たんたちを捕まえ、全員をステージ下へかき集めた。

「何するにゃ！」

「それはこっちの台詞ですわ！　考えなしに闇雲なだけの避難指示など有害無益！」

「ではソルラルを使うかの？」

「いえ、それは最後の手段ですわ」

ドラたんの問いに答える。干支神・えと娘がこんなに数多く居合わせているのだ。ソルラルを使えば事態の収拾はたやすいかもしれない。

しかしそれはあまりにも目立つので望ましくない。

「ひとまず、わたくしの指示に従っていただきます！」

そしてステージ上へ戻る。


戻って、しかしまだ対案はない。愚行は止めたが次の策が思いつかない。

危険を事前に潰すのが長らくウサたんのプロデュース方針だった。アイドルを始めてからもそれに大きな変化はなかった。

しかし、それだけではいけないのだ。

焦慮に身を焦がしそうになる中、ウサたんは自分に言い聞かせる。

（わたくしは、プロデューサーのプロ）

不測の事態。予想外の行動。それがどうした。

（それらをも、瞬時に把握し素早く対応できてこそ、真のプロデューサー）

恐れることはない。自分にはそれをこなして余りあるほどの情報収集力と超スピードがあるではないか。

（この危機を無事切り抜けるプロジェクト、必ずやプロデュースしてみせますわ！）

心に強く思った時……。

ウサたんは自分の中で何かが爆発するように強く弾《はじ》け広がっていくのを感じた！

「わたくしたちはライブを続けますわ！」

「え？」

「ええのか？」

首を傾《かし》げる他のメンバーを叱咤《しった》する。

「火事の勢いは強いわけではなく、一刻を争う事態ではありません。むしろ懸念すべきは二次災害。冷静に避難を呼びかける歌をアドリブで作ります！」

そのための指示を的確に飛ばす。

ほんの短い時間でそれらは決まり、干支娘たちはそれぞれの行動を開始した。

＊

「バカ猫、せいぜいおとなしくしてろよ。落ちても拾わないからな」

「ピヨたんこそ気をつけるにゃ！　まだ見えにくいからもっと高く飛ぶにゃ！」

言い合いながら、ピヨたんがにゃ～たんを抱えて空を飛んだ。人々が騒ぎ始めているが、一旦ステージ方面に目を惹きつけるのは意味があると、ウサたんは考える。

（後で宙吊《ちゅうづ》りの演出とごまかすことに……停電でしたわね。携帯型の飛行装置ということにでもしてみましょうか）

今にも豪雨をもたらしそうな、しかしなかなか雨をもたらさない、どんよりした黒雲。停電もあって日中とは思えないほど暗い。

しかし夜目の利く猫のえと娘にとっては、困るほどの暗さではない。

「火は西側に広がってるにゃ。でも燃え広がるスピードは大したことないから、東か南へ向かえば問題ないにゃ」

にゃ～たんが上空から観察した様子を伝える。

それを地上で聞き取るのはウマたんだ。

「アイス屋さんの屋台の方へ。そうでなければグッズ売り場へ」

ウマたんがそう言うと同時、ステージ上でウサたんとイヌたんが歌う。

♪アイス屋さんの屋台の方へ、そうでなければグッズ売り場へ。

♪慌てることはありません。けれどじっとしていてもいけません。

♪冷静に、着実に、避難を！


ウマたんが即興で考えた歌詞を、ウサたんとイヌたんが全力で歌う。マイクは使えない中、けれど声が嗄《か》れても構わないと歌い続ける！

「大した怪我《けが》じゃないわ。大丈夫、落ち着いて」

メイたんは転んで怪我した人や煙を吸って倒れた人の手当てに取り組む。歌う要員は多ければ多いほどいいが、メイたんが最も得意とするのは人の手当てだ。

「ほら、痛くない」

メイたんは、人には気づかれないように、ソルラルを怪我した場所に注ぎ込んで治療した。大きくすりむいて下手すれば痕が残りそうだった傷が、小さいものになる。

「モ～たん、西の焼きそば屋台を南へ運んでや。ウリたん、そっちで泣いてる子供たちの面倒見てやってな」

シマたんは歌を聞きながら会場内を縦横に駆け回り、さっきはばらばらに避難誘導に当たっていた『ダメっこ動物』たちを取りまとめて指揮する。これもシマたんにしか任せられない役回りだった。

すでに避難は滞りなく進んでいく。

どうやら重傷以上の人たちは出ずに済みそうだ。

（それでもふぇすは中止、ですわね）

にゃ～たんの報告を聞き取り、ステージ上から事態を見渡しながら、ウサたんは今後の成り行きを推測した。

ユニット『干支娘５＋１』にとって、大きな利益が出たとは言えない。評判は良くなったかもしれないが、『ダメっこ動物』の不始末とか、ピヨたんの飛行の件の揉《も》み消しとか、面倒なことも起きた。トータルで考えてみれば、不可抗力とは言え失敗だったと断ずるべきかもしれない。

（でも……楽しかったですわ）

予測が立たない突発的な事態の中で知恵を絞り決断する面白さを、ウサたんは久しぶりに実感し、存分に満喫していた。

避難に当たっていた仲間たちが戻って来る。

ドラたんとシャアたんの年長コンビが連れ立って。

モ～たんとウリたんが仲良く並んで。

シマたんが、屋台の食べ物に気を取られるキーたんを引きずって。

ウマたんはステージ脇で座り込んでいて。
怪我した人をスタッフに任せたメイたんは大きく息をつき。
隣で歌っていたイヌたんはのど飴《あめ》をいくつも口に放り込み。
ピヨたんが上空から降り立ち。
地上に着いたにゃ～たんがにっこりと笑顔になり。
ウサたんはみんなに笑い返した。

エピローグ

「ふぇすは中止って……世界進出の話はどうなるにゃ？」

「お流れですわね」

「そんなのないにゃ！　にゃあたちは『干支娘《えと》5＋1』の世界ツアーに便乗して、各地で前座を務める予定だったにゃ！　一体どうすればいいにゃ?!」

　悲鳴を上げるにゃ～たん。

「自分のステージが失敗してもやけに熱心にわたくしたちを応援してると思ったら、そういうことでしたのね」

「知らんがなそんなの」

「仮にボクらが世界ツアーやっても、にゃ～たんたちには何の関わりもなかったと思うんだけど……」

　シマたんとイヌたんがもっともなツッコミをにゃ～たんに入れる。

　そのイヌたんの声は嗄《か》れていた。

「『ダメっこ動物』の楽曲、『干支娘5＋1』へ持ち込まれた曲の中から口八丁でたぶらかしてこっちへ回したにゃ。作詞と振付は自前でやっつけたにゃんけど、作曲してくれた人と演奏してくれた人たちには印税とかギャラとか払わにゃいと……」

「お金は大事。疎《おろそ》かにしたらいつまでも祟《たた》る」

シャアたんがやけにしみじみと言う。

「ウサたんに土下座でもすればいいんじゃねーの。あれで世界ツアーにくっつこうとするよりは、まだ難易度低いと思うぜ」

辛辣にやり込めるピヨたんも、にゃ〜たんを抱えてずっと飛んでいたせいで精根使い果たしている。

モ〜たんたちも駆け回って疲れ果て、怪我人《けがにん》の手当てをしたメイたんも消耗し、即興で作詞したウマたんは今さら恥ずかしさに身悶《みもだ》えしている。

干支神と言えどボロボロと言っていい状態だった。

そんな中、唯一ウサたんだけはやたらと意気軒昂《いきけんこう》だ。

「にゃ〜たん、お金のことは何とかいたしますわ」

「ほ、ほんとかにゃ!?　一生恩に着ますにゃ！　これからは浮き草稼業のアイドルなんて夢は見ないで、メイド喫茶干支で真面目に働いてお金はいつか必ず返しますにゃ！」

すぐさま地に伏してスナック感覚で土下座を始めるにゃ〜たん。

「こんな軽い土下座見たことないな……」

「言葉も恐ろしく軽く聞こえるですです。明日の朝にはきれいさっぱり忘れていそうな信用のなさを感じるですです」

キーたんが思わず呟《つぶや》き、ウリたんが同意する。

「その代わり」

ウサたんは、にゃ～たんへニヤリと笑う。

「『ダメっこ動物』、コンセプトは面白いので、鍛えればものになると思いますわ。『干支娘5＋1』とのシャッフルユニットなどなど、色々手伝っていただきたいのです」

「待て！　儂《わし》はあんな恥ずかしい思い、二度とごめんじゃぞ!?」

ドラたんが、さっきの醜態と観客の反応を思い出してか、顔を赤くして反論する。

「鍛えればと言いましたでしょう？　大丈夫ですわ、十日もあれば、恥ずかしいなんてことも考える余裕がないくらい、よく訓練されたアイドルになれますから」

「あーっ！　思い出した！　今朝までのあの地獄の特訓！」

「ヒイイイッ!!　ウチ、あんな経験は金輪際ごめんこうむりますでございます!!」

イヌたんに釣られて記憶の戻ったウマたんが絶叫し、シマたんたちも思い出す。

「わたくし、今さらながらプロデュース道の深さを知りましたわ！　まだまだどんどんプロデュースしていきますわ!!」

その言葉に一同は血相を変える。

「とりあえず、アイドルはもうこりごりにゃ！　解散打ち上げでもするにゃ！」

『賛成!!』

にゃ～たんの叫びに、ウサたん以外全員の声が重なった。

第弐話

プロローグ

神と人をつなぐ、動物の化身・干支娘《えと》。

その中で特に選ばれた十二の干支娘は、栄えある干支神として、ソルラル――萌力により人々と国を守護する。

今のこの国では、鼠《ねずみ》・牛・虎・兎《うさぎ》・竜・蛇・馬・羊・猿・鶏《とり》・犬・猪《いのしし》の十二。

しかしそのメンバーは不変ではない。

六十年に一度、十二支の入れ替えを賭けて百八のえと娘（干支神に非《あら》ざる干支娘の総称）が選ばれ、干支神たちと戦いを繰り広げるのだ。

その戦いの名は、干支神選抜祭――またの名を、ＥＴＭ12。

ただしそれは、至難の道のり。えと娘が十二の干支神の中に割り込むには干支神全員を倒さねばならず、途中で一度でも負ければそこで挑戦権は失われる。

この二千年ほどの間、幾度もの戦いを経たが、メンバーに変動は生じていない。

＊

「あらウリたん」

「こんにちはですです」

　干支神のメイたんが部屋に入ると、同じく干支神のウリたんが読書をしていた。

　ここは東京秋葉原、えと娘や干支神の事情を知る人間の少年が暮らす家。

　まず、えと娘のにゃ～たんが厚かましく住み着き、やがて干支神たちも（干支神筆頭のチュウたん以外は）入り浸るようになって毎日賑《にぎ》やかだ。

　メイたんがソルラルのゲートを抜けてきた今は平日の午前中。少年は学校へ通い、にゃ～たんらはメイド喫茶干支でバイトしているのだろう。

「ウリたん、バイトサボって暇だからにゃあと遊ぶにゃ！」

　にゃ～たんが出し抜けに現れた。

「あらにゃ～たん、怪我《けが》してるわよ」

　メイたんはにゃ～たんの腕にすり傷を見つけた。あちこちを自在に駆け回るにゃ～たんは、こんな怪我が珍しくない。

「えいっ」

　メイたんがソルラルをにゃ～たんに放つと、見る見る傷が癒えていく。癒《いや》しのソルラル。これを使えるのは干支神の中でもメイたんだけだ。

「ありがとにゃ！」

　一方、ウリたんはにゃ～たんを見るやすぐさまスマホを取り出して、どこかに通話していた。つながったらしく会話が始まる。

「店長、店長の予測通りにゃ～たんが帰って来たですです。……連行するですですか。承知しましたですです」

「にゃあは自由にゃ！　誰にも止めることはできないにゃ！」

　叫びながらにゃ～たんは逃げ出した。あの調子ではまたすぐ生傷をこしらえそうだ。

「メイたんは、今日は担当エリアのお仕事してたんですか？」

「そうよ、アイドルやっててちょっと疎《おろそ》かにしちゃってたから」

　干支神は国内にそれぞれ守護を担当するエリアを持つ。毎日いる必要はないが、放置しすぎてはいけない。地脈の乱れ等によって、自然災害や人心の乱れや病気の流行などなど、様々な災いが余分に起きてしまう。

「ウリたんは何を読んでるの？」

覗《のぞ》き込むと、よく知らない本だった。豪華な装丁の、大きく分厚い本だ。

「難しそうな本ねぇ」

「読むたびに新しい発見のある素晴らしい本ですです」

ウリたんは楽しそうにページをめくっていく。幼い容姿のウリたんが大きな本を読む様子は、一見すると幼子が背伸びをしているような光景だが、その瞳に宿る知性の輝きは彼女が本の内容をよく理解していることを示していた。

「ウリたんは賢いわねぇ」

しみじみメイたんが呟《つぶや》くと、ウリたんは本を閉じてメイたんを見つめた。

「本を読むことの意義を本当に学んだのは、メイたんとの旅だったたですです」

「ああ、あの時の」

応じながら、メイたんは遠い昔の経験を思い出す。メイたんが癒しのソルラルを初めて使えるようになった旅。

あれは千年前だったたか、千二百年前だったたか……あるいはそれよりさらに昔の出来事だったたろうか？

「メイにとっても大切な旅だったわぁ」

「そうですです？　わたしはともかく、メイたんはあの旅の前から今までずっと……」

「そんなことないわよぉ」

あの旅はきっと、ウリたん以上に、自分にとって意義の大きなものだったのだ。

窓の外に目をやれば、青い空に白い雲。軽やかに吹き抜ける風。それらはあの時代から何も変わっていない。

変わらないもの、変わったもの、あれこれを思い浮かべながら、メイたんは久しぶりにあの旅を思い返していた。

第一章……旅の始まり、集まる仲間

「西の沼の薬草？」

　メイたんは、相手の告げた言葉を繰り返した。

「最近、全国で流行《はや》っている病は知っているわよね……」

　メイたんの元を訪れたのは、干支《えと》神のシャアたんだ。

「もちろん知ってるわぁ。すぐにどうこうってほど酷《ひど》くはないけど、甘く見てたら高熱を出して命に関わる厄介な病気」

　人の知識は乏しくて、生活は貧しくて、ちょっとくらいの病気ならと無理をしてしまうことが非常に多い。

　メイたんは、癒《いや》しを担当する干支神。それは人に対しても発揮され、様々な知見を伝えて病気や怪我《けが》を減らす努力を重ねている。

　しかしこの流行り病に対してはまだ有効な手を見出《みいだ》せずにいた。

「又聞きなのだけれど、他国の神使によると、その流行り病にこの薬草はかなりの効果があるらしいわ」

「それはすごいわ！」

メイたんは喜びが溢《あふ》れんばかりになる。これでもっと多くの人を助けられるようになる。

「つまり、それを採取して栽培すればいいってことかしらぁ？　効果が高いなら、メイが最初の一押しをすれば自然と広まっていきそう」

「その草が本当に他国で使われる薬草と同じかの確認は必要かも。メイたんならノリでやっても大丈夫かも？」

どっちとも取れることを言いながらも、シャアたんは薬草について書かれた覚え書きを渡してくれた。

「わかったわぁ。それじゃ、行って来る」

立ち上がるメイたんに、シャアたんはさらに助言した。

「あ……強い子を連れて行った方がいいと思う」

「どうして？　みんな忙しいんじゃないのぉ？」

「あの地区を担当しているモ～たんから聞いたけど、目的地の沼には最近化け物じみたウナギが住み着いたとのこと」

「化け物？」

「えと娘のなり損ない、みたいな？　周囲に存在していたソルラルを吸い上げて山のように巨大化し、最近は地形を変えるくらいの勢いで暴れているという話」

「それって大変じゃない！」

「近隣に人里がないのは不幸中の幸い」

　人にしか生み出せないソルラルは、この世界に溢れんばかりに存在する。干支娘の糧であり、様々な奇跡を起こす力の源。しかしそれが不適格な形で集約されてしまうと、こんな面倒な事態も発生してしまう。

「で、でも、そんなすごいことになってるなら、モ～たんが何とかしてくれるってことじゃないのぉ？」

「……倒しに行ったけど、油断していたらウナギにソルラルを吸われてしまいズタボロにされ、今は失われたソルラルを回復させるための療養中。妾《わらわ》が話を聞いたのは、そのお見舞いに行った時のこと」

「…………」

「妾が一緒に行ければいいけれど、都の地脈がとても乱れているというので、その調整の手伝いが先約……」

　真意の読めないシャアたんだが、今は微妙に申し訳なさそうに見える。

「ううん、それはそれで大切なお仕事だし、しかたないわよぉ」

　と言うしかないが、メイたんは内心でかなり焦る。

メイたんは戦いにまるで自信がない。戦闘力の高い干支神に、ひとりかふたりは同行してもらいたい。しかし都で面倒なことになっているということは、一番頼りになるあの干支神も来られないということで……。

「妾たちからも他の干支神に声をかけておくわ……。大丈夫……きっと、たぶん。ちょっとだけ覚悟は必要かも……」

ほんのり不安を漂わせながら、シャアたんは帰って行った。

＊

「シマたんもイヌたんも都合がつかないなんて……」

ソルラルのゲートを通って全国各地の干支神たちの元へ立て続けに向かい、戻ってきたメイたんはぐったりとへたり込んだ。物事は、空振りに終わると余計に疲れる。

シャアたんたちが参加できず、モ～たんはソルラルを奪われた。

しかし最初に声をかけたシマたんもイヌたんも用事があって断られてしまった。それぞれやむを得ない事情なので責めるわけにもいかないが。

「……いっそ、戦うことは考えず、ウマたんの素早さで薬草を取って来てもらうべきかしら？あるいはピヨたんに空から……」

頭を抱えていると、目の前にソルラルのゲートが開いて、現れる者がいた。

「話は聞いたよ！　面白そうじゃん！」

楽しそうに笑うのは、キーたんだ。長い尻尾を弾むように揺らしている。

「どうせだったらみんなで行こう！　まずはウマたんでも誘おうか！」

「キーたん、話はどこまで聞いたのかしら？」

「えっと、薬草探しに行くってとこ」

「……もう少し、きちんと話を聞いてから動いた方がいいと思うわよ」

メイたんは詳細をキーたんに説明した。

「わかった！　じゃあアタイがお化けウナギ倒すよ!!」

自信満々に胸を叩《たた》くキーたんに、メイたんはほっとする。

「で、後は誰が来てくれるかな。とりあえずウマたんはお化けウナギをすごく怖がりそうだからやめとこうか」

キーたんに引きずられ、メイたんはソルラルゲートに再び飛び込んだ。

＊

「よろしくお願いするですです！」

「よろしくな」

他に誘いに応じたのは、ウリたんとドラたんだった。

「みんな忙しいね！　でもこれだけいればきっと賑《にぎ》やかで楽しいよ！」

能天気にキーたんが笑う。メイたんも一緒になって笑いたいところだが、少し冷静に事態を考えてみた。

（キーたんが戦って強いのは事実よねぇ。それに、来てくれると思ってなかったドラたんが来てくれたのも大きいわ）

大人娘状態《アダルトモード》でも使えるソルラルの量が高いドラたんは、萌力娘状態《プリティモード》になれない人間界においては、干支神の中でも非常に有利だ。

十二支における現在唯一の幻獣系干支神にして、最古の干支娘。干支娘以外との交遊も広い。それだけに、メイたんとしては少し隔意を感じてしまい、声をかけるのに気後れしてしまっていたのだが。

（……どうにかなるかしらね）

「まあ、儂《わし》は予備みたいなもんじゃな。気楽に構えておればどうとでもなる。問題はなかろう」

メイたんに近寄ったドラたんが小声で言う。それはメイたんの心を的確に読んだような物言いだった。

「シャアたんにも声をかけられたのかしら？　忙しいところありがとぉ」

メイたんが頭を下げると、ドラたんはかぶりを振った。

「忙しいということはないぞ？　儂の担当地域は乱れた地脈も整え終えたところで、干支神選抜祭《ETM12》も数年前に終わったばかりだしのう」

ドラたんは笑って言うと、眼鏡の位置を直しながら、メイたんの顔を覗《のぞ》き込んだ。

「メイたんこそ、苦労しておらんか？」

「え？」

「人の健康を守る、と口で言うのは簡単じゃが、生半《なまなか》な役回りではなかろう？」

「でも、干支神になった時に頼まれた仕事だし」

病気などに罹《かか》らない体質を持ち、さらに干支神の中で健康に関する知識に一番長《た》けているメイたんである。適材適所だと思うので、異論や不満はない。

「まあ、割りきれているなら儂から言うこともないが」

ちょっと含みのあるドラたんの言葉。

「あ！　今のは別に、仕事が嫌とかじゃなくて……」

「わかっておるよ」

ドラたんは鷹揚《おうよう》に笑うと、メイたんの肩をポンと叩く。

「そろそろ出発するとしようか。ふたりが焦《じ》れておる」

見れば、すでに歩き出していたキーたんとウリたんが、遠くから手を振っていた。

第二章……幻覚キノコパニック

「ごま油の香りがするですです！」

　山道を下りていた一行の先頭に立ち、ウリたんが元気に走り出す。

　後を追ったメイたんたちは、一つ丘を越えた向こうにごまが生い茂る畑を目の当たりにした。

　畑の先にはごまから油を搾るためと思《おぼ》しき小屋が建てられている。その周囲には小さな集落が形成されていた。

「ここまで来ればメイたちにもわかるけど、ウリたんはよく、さっきの段階で匂いがわかったわねぇ」

「ごま油、好きだからねー」

　好きだからで済むことなのかと思いはするが、メイたん自身も含め、干支《えと》娘は物理法則も何もあったもんじゃないところはある。

「今夜はここで休ませてもらうかの」

「そうね」

足を速めればさらに先の集落まで行けるかもしれないし、さらに言ってしまえば不眠不休で先を急ぐこともできなくはないが、無理をして後に響いては意味がない。

＊

集落に入ると、メイたんは旅の薬師として振る舞う。キーたんたちはその助手という体《てい》。服装もソルラルを変化させて、白い麻の簡素なものとした。普通の人間らしいものにして、なるべく不審には思われないようにするためだ（耳などはそのままだが）。

まずは、熱を出して寝込んでいる子どもなどの診察。

「この薬を煎じて飲んで、数日安静にすれば元気になると思うわぁ。この薬って、向こうの河原に生えている白い花のギザギザした葉を摘んで干したものだから、常備しておくといいわよ。あ、摘みすぎてなくさないように気をつけてねぇ」

ずっとここにいられるわけではないのだから、必要なのは知識の伝達。

（知識は簡単に失われもするけれど）

この葉を薬に用いることは、何世代か前にこの近辺を旅した時にも伝えたはずだったが、今はもう忘れられている。

それを考えると、砂地に水を撒《ま》くような徒労も覚えはするが、根気強く教え続けるしかないだろう。

そして症状が出ていない人たちの診察も。

「怪我《けが》したら、傷口はなるべく清潔にしないといけないわよぉ」

小さい傷でもばい菌などが入ると厄介なことになる。仕事はあるし、完全に清潔にとはいくまいが、意識するとしないとではずいぶん違うはずだ。

幸い、詐欺師の類と疑われることはなく、メイたんたちは集落の負担にはならない程度の礼金と一夜の宿を得ることができた。

「あら？　キーたんとウリたんは？」

「子どもたちと遊びに行ったようじゃのう」

一晩泊まる家の中に入り、むしろに腰を下ろしたドラたんが言う。

「ふたりとも元気ねぇ」

＊

「キーたんって人……すごいね……お兄ちゃんより足の速い女の子、初めて見た……」

山野を駆け回って息を切らした男の子が、ウリたんに話しかけた。十歳ほどの、遊びに出た中では一番年少の子だ。

「ですです」

キーたんは遊びとなるといつでも真剣だ。人間相手に手加減することくらいは知っているが、一番遅い者に合わせるよりは、一番速い者とじゃれ合う方を選ぶ。山にまで分け入って、日が暮れる前に戻ってくればいいのだが。

あるいは、ウリたんがいるからそんなやり方でも大丈夫と思ったのかもしれないが。

「少し休んだ方がいいですです」

陽射《ひざ》しが心地《ここち》よい一角に腰を下ろし、男の子にも声をかけた。

「うん……そうする……」

ウリたんは、本を取り出して読み始めた。海外の神使に会った時にもらった詞華集《しいかしゅう》だ。近年の流行が反映されていて面白い。

「それ……何？」

「本というものですです」

この国ではまだ一般的ではない。そもそも字を読める人がすごく少ない。

「字というものは知ってるですか？　言葉を絵のようなものにしたものですです」

「うん……石とかに彫ってあるのを、見たことある」

「それをこうして紙に書いて、束ねたものですです」

本を開いて、男の子に見せる。

「こうすると持ち運びしやすくて、いつでも眺める――読むことができるですです」

男の子は首を傾《かし》げている。

「何が書いてあるの？」

「この本に書いてあるのは詩……歌のようなものですです」

「それって、面白いの？　歌なら覚えればいいんじゃない？」

この男の子は聡《さと》いようだ。未知のものに接しても、恐れ入るでもなく拒むでもなく、率直に疑問をぶつけてくる。

「わたしは、面白くて好きですです。みんながみんな、そう思うかはわかりませんが」

そして二つ目の問いに答える。

「本があれば、忘れてしまうということがないですです。それと、覚え間違えるということもないです」

「あ、そうか！　書いてあることって変わらないから」

記録と保存の意味を正確に悟ったようだ。

「どんな歌が書いてあるの？」

好奇心に輝く瞳でそんなことを言われては、無下《むげ》にできるはずもない。

「これは外の国の詩なので、いつも聞くような歌とは響きが違うはずですですが……」

ウリたんは本を開くと、お気に入りの詩を朗読する。

海の彼方《かなた》の広大な大陸の、これまた大きな河の光景。それを述べつつ、友との楽しい交流と寂しい別れを描いている。

訳してもいないので、いきなりそこまで伝わったはずはないのだけれど。

「何か……いいね……」

男の子は、しみじみと感じ入ったように言った。


詩を読み、男の子に説明したりしながら過ごす。

そして日が傾き出した頃。

「あ、いたいた！　ウリたんたちいなくなったから心配したんだよ！」

山からキーたんたちが戻ってきた。食べられそうな木の実や野草、それにキノコを山ほど抱えている。

「それは、どうしたですか？」

集落の生活は貧しそうで、毎日これほど収穫できているようには思えない。

「ちょっとね、崖が険しくて採りに行けない場所へアタイが行って来たんだ！　もちろん採り尽くしたりはしてないよ」

「おいしそうですです」

見つめるうち、ウリたんたちのお腹《なか》が鳴る。

一行は笑いながら集落へ戻った。

*

鍋で野草とキノコを煮立てて、塩で味付けする。主食は炊いた粟《あわ》だ。

「いただきまーす！」

「いただきますですです」

誰よりも早く器を取って食べたのは、キーたんとウリたん。

「ちと行儀が悪くないか？」

「気になさらんでええですよ。今日は色々ありがとうございました」

ドラたんがたしなめるが、家の主人は気にしていない風だ。彼は、この集落の長《おさ》のような立場にいた。

「薬師さんにもお世話になりましたが、そちらの子が採ってくれた赤いキノコが滅多《めった》に採れないものでねえ。ああうまい！」

きのこを食べて、実に幸せそうな顔をする。

「見つけたの俺だよ！　うめえ！」

叫ぶのは、キーたんと一緒に行動していた兄だ。ウリたんに詩を読んでもらった弟は、そんな兄を見て誇らしげにしながら自分も食べ始める。

「じゃあメイたちもいただき……あら？」

　ほんの少し会話を交わしている間に、キーたんとウリたんとこの家の人たちは、鍋を猛烈な勢いで食べ、空にしようとしていた。

「このキノコおいしいね、ウヒヒ、いくらでも食べられる」

「イヒヒ、こんなおいしいもの誰にも食べさせたくないですです」

　にやにや笑いながら、キーたんとウリたんは鍋を奪い合い、汁まで飲み干してしまう。

「おかわり欲しいですです。きのこ全部入れるです。あとごま油も、蔵に溜《た》め込んでいる分を残らず」

　ウリたんが無体《むたい》なことを言い出すが、家族たちは全員わけのわからないことをぶつぶつ呟くばかりになっていた。そのうちぐったりとして寝てしまう。

　それを無視してキーたんたちはなおも騒いだ。

「一番、キーたん！　一発芸をします！　見ざる言わざる聞かざる！」

　キーたんは、まず目を覆い、次に口を覆い、最後に耳を覆う。

「これはあ、見ない・言わない・聞かないと、さるを掛けたダジャレでえ……」

　自分で解説まで始める。

「二番ウリたん！　詩経の暗誦《あんしょう》をするですです！」

「やかましー！」

まだ何も言い始めないうちに、キーたんがウリたんを突き飛ばした。ごろごろと外へ転がっていくウリたんは、なおもへらへら笑っている。

呆気《あっけ》に取られたままどんどん動く事態に取り残されて固まっていたメイたんたちは、ここでようやく我に返った。

「おい、おぬしら！　どういうつもり――」

「待って」

メイたんは不気味に笑う仲間たちを見つめると、ドラたんに言った。

「中毒症状よ。とりあえず、暴れて他の人に被害が出たりしないように縛り上げましょ」

「干支神が何をしておるのやら……」

ぼやきながらもドラたんは重力操作でキーたんとウリたんの動きを封じるとグルグルに縛り上げた。ソルラルを用いた縄なので、これなら簡単にはちぎれないはずだ。

「危険な中毒か？」

問われ、メイたんは人間たちの様子を診る。

「命には関わらない程度の毒だと思う。幻覚を見た後、寝てしまうという感じかしら」

「なら幸いじゃ」

ドラたんが縛られたキーたんを担ぎ、メイたんはウリたんのもとへ向かう。

「毒が抜けるまで、夜風に当たるかの」

＊

それでもすぐに静かになった。

「いや、おぬしは元から猿じゃよ……幻覚を見とる者に突っ込むのも空《むな》しいが」

「猿や！　アタイは猿になるんや！」

他の家でもキノコを食べてしまっていたらしく、ネジの外れたような笑い声が聞こえてくる。

それでもすぐに静かになった。


集落を少し離れた場所でドラたんはキーたんの面倒を見ている。ここまでは騒がしいだけだったが……。

「月よ！　オラに力を貸してくれ！」

満月を見上げたキーたんは、全身に力を込めた。ソルラルの縄さえも易々《やすやす》と引きちぎり、自由になってしまう。

「……まあ、こうなるか」

ため息をつきつつ、ドラたんはキーたんの前に立ち塞がる。間違ってもキーたんを暴れさせて人に被害を出すわけにはいかない。

「そんなことになれば、正気に戻ったうぬが誰よりも悲しんでしまうじゃろうしな」

愛用の萌力祭具《ソルラルギア》・風を操る龍扇芭蕉《りゅうせんばしょう》を構えるドラたんに対し、キーたんは同じく萌力祭具である伸縮も操作も自在なスゴい棒を取り出す。うまく、ドラたんを敵と認識してくれたようだ。

「誰かに見せる戦いでもなし……先手必勝じゃな」

風で自らを加速しつつ相手の動きも封じ、詰め寄って蹴りを入れる。しかしキーたんの姿ははかなく消えて、宙には一本の髪の毛だけが残った。

「すでに分身しておったか」

素早く見渡せば、周囲を囲む数多くのキーたんがスゴい棒を構えている。これは彼女の得意技だ。ただの幻影ではなく、実体がありこちらへ攻撃可能なのが煩わしい。

周囲にまとわせた風が、身に迫る異常を検知した。

背後から突き出されたスゴい棒を回避。

ドラたんがひとまず狙ってみた相手は、またも分身。

「まあ幻覚で頭が混乱しているのは幸い。冷静に分身を活《い》かされたらもっと手こずるところじゃった」

本気のキーたんと戦うならば、広範囲地形操作などの大技も必要となったかもしれない。お化けウナギ戦を控えているので、そんな消耗をせずに済むのは助かる。

再度襲い来るスゴい棒を、今度は掴《つか》み取った。

スゴい棒の威力は強いが、分身は本物を使えない。ゆえに、多少危険だがこれを押さえ込んでしまえば、最大の攻撃手段を封じつつ本体を突き止めることが可能。

「今は寝ておれ」

「キッ?!」

顎に掌底を一発。キーたんの意識を刈り取ることに成功した。

ドラたんとキーたんのバトルを横目に、メイたんはウリたんの相手をする。

「ごま油……ここはごま油の泉……樽《たる》ですくっても尽きることなくごま油が滾々《こんこん》と湧き続ける、まさに桃源郷……」

「ああもう、案の定ねぇ」

ごま油を作る建物へふらふらと歩いていくウリたん。メイたんは、彼女を縛る縄を掴んで押さえ続けた。

＊

「昨夜は、みっともないところを見せてごめんなさいですです」

「こっちこそ、変なものを食べさせちゃって本当にごめんなさい。あのキノコ、おいしいけど毒抜きしないといけなかったみたいで……」

翌朝、ウリたんは長の家の弟と頭を下げ合った。

少し離れたところでは、キーたんと兄が同じようなことをしている。

「体は、大丈夫？」

「一晩寝たのでもう回復したですです。わたしもキーたんも頑丈なので」

「よかった……」

弟はほっとしたように笑うと、真顔になった。

「もししばらくここにいるなら、字を教えてくれない？」

「どうしてですです？」

ウリたんは疑問に思った。この国に本はまだほとんどない。昨日、詩を読んだ時の反応は、悪くはないが熱烈に食いつくというほどでもなかったのに。

「毒キノコのこととか、それ以外にも、間違えて覚えちゃいけないことは字に書いて残しておきたいから」

「ああ……」

ウリたんは感嘆の思いで、目の前に立つ人の子を見た。

ウリたんは、本を自分の楽しみのためにしか読んでいなかった。得た知識があれば他の干支神に伝えたりもするが、それは副産物みたいなもの。他者のために知識を得よう伝えようという発想が最初に生じたことは、これまでなかった。

自分よりはるかに短い年月しか生きていないのに、こんなにも優しく賢く貴い選択ができる。あるいは、短い時間しか生きていないからこそ、怖気《おじけ》づきもせず大胆な道を選べるのかもしれないが。

自分は人とは違う存在だ。

だけど、だからこそ、人の素晴らしさをより理解できるのかもしれないし、こんな風に愛《いと》おしくも思うのだろう。

「わたしたちは用事があるので、一度ここを出ますが……」

残念そうな顔をした子に、さらに告げる。

「その用事が済んだら、戻って来て教えるです。約束ですです」

集落を出て旅を再開し、それぞれに色々なことを話す。

「うむ。ウリたんは知識を伝えるのが得意じゃしな。きっとうまくいくと思うぞ」

「ウリたんすごいね！　それってきっとみんなの役に立つよ！」

ウリたんと男の子の話をメイたんはただ微笑《ほほえ》ましく聞いたが、キーたんとドラたんは感銘を受けたようだった。

特にキーたんは、何度も何度もウリたんを褒める。最初は気恥ずかしそうにしていたウリたんだが、次第に態度が変わっていった。

「これが、わたしの見出《みいだ》した道なのかもしれないですです……」

何かが腑《ふ》に落ちたような顔をするウリたんを、キーたんは眩《まぶ》しそうに見つめてしみじみとした口調で語る。

「アタイは遊ぶとか戦うとかくらいしかできないからさ、ウリたんやメイたんはすごいなあーって思う。うらやましい」

「え？　メイも？」

いきなり自分に話が回ってきたことにも、いつも元気なキーたんからそんな言葉が飛び出たことにも、驚いてしまう。

「そりゃ、他の干支神と違うことはしているけれど」

でもこれは、たまたま自分が向いているからその仕事を宛《あて》がわれただけで。

「人の病気や怪我を治そうと一生懸命なメイたん、すごいと思うよ」

別に仕事を嫌と思ったことはないけれど。

キーたんの言っていることは、買いかぶりに思えた。

「メイたんはいつも誰にでも優しいから、天職なんだと思う」

自覚はしている。

メイたんは、いつも、誰にでも、優しい。

でも、時々考えてしまうことがある。

誰にでも優しいというのは、特別な誰かがいないということなのではないか？

それは上辺だけの優しさに過ぎないのではないか？

癒《いや》しの現場で色々あっても仕事と割りきって次へ向かってしまえる自分は、本当に優しいのか？

「…………」

自分を高く評価してくれているキーたんにわざわざ反論するのもおかしいし、かと言って納得いかない評価を素直に受け入れるのもおかしな話で、メイたんは曖昧な笑みだけ浮かべて固まったようになってしまう。

いつもなら、適当な言葉を並べて受け流せるのに。

微妙な空気が場に漂い、ついにキーたんも黙ってしまう。

「考えすぎではないかのう」

じっと黙って成り行きを見守っていたドラたんがメイたんへ唐突に言ったが、それに問いを発する気にもなれず、メイたんは黙々と歩を進めた。

第三章……迷いの森

「沼は、この森を西へまっすぐ突っ切った先にあるはずじゃ」

旅は順調に進み、目的地は近い。

「森を南に迂回《うかい》すると、大きな村に出るのねぇ」

休息や食料の補給をすべきかと悩むメイたんだが、キーたんは先頭に立って森に踏み込む。

「さっさと行って薬草採ってこよーよ！　お化けウナギはアタイがやっつけるからさ！」

「蓄えはまだあるですです。みんな元気ですし、問題ないと思うです」

メイたんがためらう意図を察したようにウリたんも言い、それで腹を決めた。

「じゃあ、森を抜けましょ」

＊

「……こんなに広いものかしら」

三日目辺りから不審ではあったが、五日経《た》っても抜けられない森となると、さすがにどう考えてもおかしい。

「メイたん、まだ木の実ある？」

問われて手持ちの袋を探る。

「これで最後ねぇ」

キーたんがせつなそうな顔をする。ためらって、メイたんに返そうとしてきた。

「いいわよぉ。一昨日ぐらいからずいぶん我慢してくれてたでしょ」

メイたんが押しとどめると、すまなそうにむさぼり食べる。

「現地調達と口で言うのはたやすいが……」

「この森の植物相は何か変ですです」

食べられる実や草や根がまったく見当たらない。

「動物もいないよね……」

一行が足を踏み入れて以来、深い森はしんと静かなまま。生物の気配のようなものが、不思議なまでに感じられない。

食料がついに尽きたことで、これまで深く考えないでいたその異様さは、明確な不気味さへと変じていた。

「地脈などは正常に思えるのじゃが……」

ドラたんがかぶりを振る。

「夜になるわ。ひとまずここで休みましょ」

大きな木の根元にメイたんは腰を下ろした。

「……お腹空《なかす》いたよお」

膝を抱えてキーたんが呻《うめ》くが、誰にもどうにもならない。

「ウリたんー、キノコの匂いとかしない？」

「何もしないですです」

ウリたんもどことなくぐったりしている。

「わたし、この森を出たらごま油の溜《た》め池に飛び込んでやるですです……」

それどころか、キーたんと同じかそれ以上に参っていた。無論メイたんもつらい。

ソルラルを源として活動する干支《えと》娘にとって、飲食は生命維持に絶対不可欠というわけではない。しかし人から得られるソルラルが常時無尽蔵というわけではない以上、旅に出ていて供給をあまり期待できない今、食べる形での栄養補給も重要な意味がある。

それにしても今回は、やけに飢えが深刻だ。

「ドラたん、改めて、きちんと地脈について調べてくれない？」

この国は、いまだ人の手が入っていない土地も多いが、それでもこの一帯に干支神が歩いて五日もかかる森があったとは聞いたことがない。

「うむ。じゃがその前に」

肯《うなず》いたドラたんがすっと立ち上がる。

「ハッ！」

木の上から飛びかかってきた何物かを、龍扇芭蕉《りゅうせんばしょう》で叩《たた》き払った！

幹に叩きつけられた人間大のそれは、崩れ落ちると光の粒子になって消えてしまう。

後に残ったのは小さな虫。弱りながらパタパタと飛んでいく。

「蛾《が》？　でもさっきはあんなに大きかったのに……」

「お化けウナギの小さな同類じゃろう。ソルラルを不適切に得てしまったんじゃな」

説明しながら、ドラたんは他の面々を叱咤《しった》した。

「一体だけではないぞ！　とりあえず撃退せねば、いつまで経っても寝られもせん！」

言うと同時、さっきと同じ蛾人間や、巨大すぎる蚊や蠅《はえ》など、様々な異形のものがメイたんたちを取り囲むように現れる。

「それは、いやね」

「力入らないよー」

「キーたんならそれくらいでいい手加減になると思うですです」

「蛾だの蠅だの……どうしてどいつもこいつも全然食べられそうにない連中ばっかりなんだ

よー！」

叫びながらスゴい棒を振り回す。自在に形を変えられる棒は、まるで鞭《むち》のように動いて一体一体を打ち据えると元の姿に戻していった。

捉え損ねた敵がメイたんとウリたんに襲いかかるが、さすがに敵ではない。直接戦闘が弱いと言っても雑魚くらいは簡単にあしらえる。

しばらくすれば辺りは静けさを取り戻していた。全滅させたわけではないが、こちらの危険性を警戒して簡単には寄って来ない。

「では、とっととやるとしようか」

ドラたんが地面に手を突き、本格的に周囲を調査する。

「……表面的には普通の地脈の流れと似ていたので、だまされた。たらいの中の水がかき回されれば、表面上は湖や川のように流れが生じて波が立ったりするじゃろ？　あれのもっと大がかりで、偶然の一致があまりに揃《そろ》っていたようなもんじゃ」

「つまりここは、そのたらいの中ってこと？」

「いかにも。何らかの要因によって地脈が激しく乱された結果、周囲に対して閉じつつある空間じゃ」

メイたんの確認を、ドラたんが肯定した。

「しかも獲物を捕らえる罠《わな》のように作動していて、ここから出ようとするとそれを阻むようになっている。何者かの仕掛けというわけではないが、そんな悪意を疑いたくなるくらいひどい状態じゃの」

「具体的にはどうして出られないですです？」

「方向感覚が狂わされ、それに付随して五感も狂う。まっすぐ歩いているつもりで、実は儂《わし》らはこの五日間、何度も意識もせずに道を曲がって、狭い森の中をぐるぐる回っていたんじゃろうな。それと……」

「それと？」

「ここにいると、儂らのソルラルはどんどん吸い取られていく。いつもより飢えが激しいと感じたのは、錯覚などではないのう」

「二重三重にひどいわねぇ……」

「外に出るにはどうすればいいのさ？」

「…………」

ウリたんの疑問には即座に答えたドラたんだが、キーたんの問いにはすぐに答えられなかった。

「……地脈の乱れをほぐしていってあるべき流れに戻す、というのが定石じゃが……それが終わるまでに恐らく十日以上。この空間が閉鎖しきらずに済むかどうか」

「閉鎖しきったらどうなるの？」

「本来の世界と断絶する」

端的な回答に、メイたんは息を呑《の》んだ。

「土地自体は周囲からあれこれ充填《じゅうてん》されて元のように塞がるであろうが、中にいる生き物はそんなわけにもいかぬ。さて、儂らはどんなことになるのやら」

いつも落ち着いているドラたんの言葉だが、メイたんにはこの時、諦めが滲《にじ》んでいるようにも思われた。

「アタイのスゴい棒をまっすぐに長く長く伸ばしてそれを辿《たど》ったら？」

「まっすぐ伸びる以外何もできない棒ならその手もありじゃったが……途中で曲がってもそれが曲がってると気づけるものが誰もおらんのだ」

「近くに鳥居でもあればソルラルの道を渡れるのに……」

「あったらすぐに飛び込んでおるよ」

ソルラルロードを使えば干支界などへ脱出できるが、それをつなぐゲートは神社の鳥居やふかふかの穴など限られた場所にしかない。

沈黙が、どれくらい続いたろうか。

「……五感の狂いは、常に働いているようには思えないですです。現に今も、戦闘には何の問題もなかったです」

　長らく考え込んでいたウリたんが、慎重に確かめるように言う。

「常時ではないな。方向感覚の狂いをごまかすようにのみ作動しているのう」

「それなら……やりようはあるかもしれないですです」

「脱出の方策、ということか？」

「はいですです」

　その瞳に浮かぶのは、知性に支えられた強気な意志。この子は基本的に負けず嫌いなのだと、メイたんは改めて思い出す。

「どーするのウリたん？」

「昼間にやる方がより確実だと思うですです。今日明日で空間が閉じることはなさそうなドラたんの口ぶりでしたけど……」

「ああ、そこまで切羽詰まってはおらんよ」

「なら、今日はひとまず眠りたいですです。明日に備えて英気を養いたいですです」

「眠れるかしら？」

　メイたんが辺りを見る。まださっき襲って来たものと同種の気配は漂っていた。

「儂とキーたんが交代で見張りをすれば問題なかろう。もうひと踏ん張りと思えば、これしきは大した手間でもないからな」

＊

翌朝、メイたんたちは目を覚ました。空はよく晴れていて、見上げたウリたんはもう脱出に成功したかのように満足げな顔をする。

「それでどーすんの？」

ウリたんは周囲の木々を見回して、とある一本を指さす。

「キーたんには、まずその木を倒してもらいたいですです」

んー？　とキーたんは首をひねる。

「年輪の膨らみ方で方角を調べるってやつ？　なら切り株が見えるように刃物か何かで切り倒さないとダメかな？　てか、ここに切り株あるよ！」

ごく最近作られたと思《おぼ》しき切り株を、キーたんが示す。熊か何かが爪でも使って切り倒したのか、その切り跡はぐちゃぐちゃだ。さらに奇妙なことに、切られた幹の方がどこにも見当たらない。切り株の大きさから見て、かなり大きな木のはずなのだが。

「それは当てにならない判断法ですです。地面の傾斜や風の吹き方によって年輪の幅の広がり方はいくらでも変わるです」

キーたんの推察はあっさり否定される。

「なので、倒し方は何でもいいですです」

「わかったー」

言うと同時、キーたんはスゴい棒を振るうと、木を簡単にへし折った。

「で、どうすんの？」

「その木を、村がある南へ向けて置いてほしいですです」

キーたんは木を持ち上げると空を見上げ、南と見当をつけた方向を見定めて手を離す。

「よいしょ、っと！」

軽い地響きとともに、木が置かれる。

「後は、これをまっすぐ辿り続けるだけですです」

「ああ、これがスゴい棒の代わりじゃな」

「なるほどねぇ」

言わんとすることを理解したドラたんとメイたんの隣で、キーたんだけはまだよくわかっていないようだ。

「え？　これ、そんなに長くないよ？　森の外にまでは出られないよ？」

「だからその都度、近くに生えてるまっすぐ伸びた木をへし折って、一直線に並べていくですです」

「この空間の仕組みでは、生き物の感覚は捻《ね》じ曲《ま》げられても、まっすぐ伸びた木を曲げるようなことまではできないからのう」

「どんなに方向感覚を弄《いじ》られても、地面に並べた木に沿って歩くことだけを考えればそのうち森の外に出られるだろう……こういうことよね？　ウリたん」

「ですです！」

　ウリたんは誇らしげに肯いた。


　倒れている木に沿って、まっすぐ歩く。

　文章にすればそれだけのことが、ひどく難しかった。

「メイたん、そっちじゃないですです」

「ご、ごめんなさい」

　見ているものが歪《ゆが》み、足の運びがふらつき、倒木という指針がなかったら簡単に前日までと同様の迷走を始めてしまいそうだ。

「キーたん、命綱を忘れるでない」

「あ、ありがとー」

　そのおそれが一番高いのは木を倒す役目を引き受けたキーたんで、彼女は倒してきた木からそのために離れるたび、ドラたんの作るソルラルの綱を受け取って腰に巻いていた。

　時折、木々の陰から飛び出して襲いかかって来るものもある。散発的な襲撃は神経をすり減らす。

それでも、続けていればそのうち終わるもので。

＊

「出た、わね」

日が暮れるよりも早く森から抜け出し、それと同時に全身を覆っていた違和感が消え失《う》せ、五感が正常な感覚を取り戻す。

メイたんは緊張の反動から脱力気味に呟《つぶや》くと、そのままへたり込んでしまった。

「ほんとに出られた！　ウリたん偉い！」

「うむ、ウリたんのお手柄じゃな」

「ありがとうねぇ」

立て続けに褒められ、ウリたんは照れくさそうにそっぽを向く。

「褒められるようなことじゃないです。時間がかかってしまう案で申し訳ないくらいですです。もう一つ、すぐに出られたかもしれない案もあったのですが」

「そっちは何か不安があるから採用しなかったんじゃろ？　状況判断が適切だったということではないかの」

「ウリたんすごい！　頭いい！」

　さらに褒められ、ウリたんは顔を赤くする。

「ま、まだ危険な場所を離れたというだけですです。村へ寄って休息して食料を補充しないと
……って、ここは村からちょっと離れてるですです」

　草原の彼方《かなた》に建物の群れが見えるが、予想よりも遠い。

「まっすぐ南に出たのではなく、南西に抜けたようじゃの」

　空の太陽の位置から、ドラたんが方角を割り出す。

「ごめんねー、ちょっとずれちゃった」

「それはしかたないですです。このまま沼へ行くなどと言い出さなければ」

「そんなことは言わないよー。アタイもさすがに今日は休みたい」

　仲間のやり取りを快く聞きながら、メイたんはそろそろ立ち上がろうと手を突く。

　すると。

　少し先にある奇妙なものに目が留まった。

「あれ、何かしら？」

　地面に、大きな木が斜めに生えている。

　と言ってしまえばまだ普通だが、その木の幹は上へ行くほど太くなっている。そしててっぺんは爪で切り裂かれたように無惨な折れ口が空を指していた。

「要するに折れた木が地面へ逆さまに突き刺さっているわけじゃが……」

全員で近寄って検証し、ドラたんが簡潔にまとめた。

「切り株がないよね……って、あれ？　何か同じようなこと、今日、どこかで言ったような覚えが……」

「これ……さっきわたしが言ったもう一つの案を実行したみたいに見えるですです」

「どういうこと？」

「その案は、丸太にできるくらい太い木を折ったら、それを森の外へ向かって投げて、投げると同時にその上へ飛び乗って、森を飛び出すというものだったですです」

「なるほど。儂ら干支神やえと娘ならできない話ではないが」

「森の外まで木を投げつける腕力、投げてすぐに飛び移る素早さと身軽さ、色々な力が総合的に必要ね」

メイたんだと、できるかどうかちょっと怪しい。ウリたんが言わなかったのも納得だ。

「ということは」

キーたんが顎に手を当てて考える。

「アタイたちより少し前に、そのやり方で森を抜け出した干支神かえと娘がいるってことにならない？」

「そうなるのう。普通に考えると、先に来て失敗してしまったモ～たんかと思うが」

「でも、この切り口はもっと新しい気がするですです」

突き刺さった木を調べていたウリたんが言う。

「それにこの切り口、モ～たんらしくないわねぇ。彼女なら木なんて丸ごと引っこ抜いちゃわない？」

「では、えと娘ですです？　かなりの力量の持ち主と見受けるですです」

「爪を使うえと娘など、いくらでもいるのう」

話し合うが、これだけの手掛かりではっきりしたことは何も言えない。

「ま、わかんないことは考えてもしかたないよ！　ひとまず村に行こう！」

「キーたんの言う通りね」

一行は、村へ続く道を行く。キーたんとウリたんは食事が楽しみなのか、大きく先行していた。

「でも……この森、どうしてこんなことになっているのかしら。お化けウナギの沼と近いのも気になるし」

森を一度振り返ったメイたんの小さな呟きに、ドラたんが答えた。

「仮説はある。昨日、地脈を調べた時に考えたのでな」

「えっ？」

「まあ、まずはあの村へ行ってみるとしよう」

第四章……毒の石と、龍《りゅう》の山

「静かな村だねー」

キーたんが言うのももっともな、やけに活気のない村だった。

ごま油とキノコのあの集落よりよっぽど大きい。

晴れた空の下の昼下がり。大人たちは農作業や機織りなどに精を出し、子どもたちが元気に遊んでいるのが当たり前のはず。

なのに、にぎやかな声や音というものがまったく聞こえない。

人はいる。しかしみんな、何をするでもなくぼんやりしている。柱に寄りかかって座っていたり、地べたに寝転がっていたり。たまに水をくんできたのか、水瓶《みずがめ》を持つ人などが通り過ぎるが、歩く姿はとても億劫《おっくう》そうだ。

「病気、かの？」

「そうは見えないんだけど……」

メイたんの目には健康そうに映る。

「お姉さんたち、旅の人？」

メイたんたちに、一人の少女が声をかけてきた。十二、三歳くらいだろうか。他の村人に比べると、気力はありそうだ。

「んー、疲れてるんで、ちょっと休みたいんだけど。食べ物も欲しいし」

キーたんの言《げん》に、残る干支《えと》神たちも肯《うなず》く。

「じゃあ、うちに来る？」


メイたんたちは空き家に案内された。少女と家族は隣に住んでいるという。

「叔父さんたちが住んでて、二ヶ月ほど前によその土地へ移ったんだ。小さい子たちも多かったし、それで正解だと思うけど」

「まるで逃げたような口ぶりじゃな」

「うん、そう言った方がわかりやすかったね。この村、あんまり未来がない感じだし」

ドラたんの指摘を少女はあっさり認める。

「あのぉ、メイは薬師なの。だから宿代の代わりに、具合の悪い人がいたら様子を診させてほしいんだけど……」

「病気じゃないんだよね。ただみんな、無気力になっただけ。何もする気にならないって、日がな一日ぼーっとしててさ。こんな調子で、将来どうなっちゃうのかな」

少女は笑うが、メイたんたちは互いに顔を見合わせる。

「まあ、去年までの蓄えがあるから、食べ物は分けられるよ。宿代とかは別にいらない」

少女が去ると、一行は声を潜めて話し始めた。

「これ、かなりやばいですです」

しかしキーたんだけはわかっていなかったようで不思議そうな顔になる。

「怠けてるだけじゃないの？」

「村人全員が一斉に？　ありえんじゃろ」

「作物の世話をしたり野草や木の実を収穫する気力もないというのは、手元にある食べ物が底を尽いたら簡単に全滅するですです」

「それは、よくないね」

ドラたんとウリたんに同時に突っ込まれ、キーたんも事態の意外な深刻さをようやく認識する。

「病気じゃないにしても、困っていそうな人たちを見捨てるなんて干支神としてありえないわねぇ」

「まずは調べるしかないですです」

＊

村を回って話を聞き取り、宿とした家に戻って情報交換。

「こうなったのは去年の秋かららしいのう。でかい地震のすこし後からこうなったと覚えてる人がおった」

「誰にも原因はわからないですです。これはよくないとよそへ移住した人たちは、次第に無気力状態を脱したみたいです」

「でもみんなで村を捨てて移り住むなんて、できないよね」

「唯一いいことと言ったら、流行《はや》り病の方にも罹《かか》ってる人が多いけれど、ひどくはなってないことくらいねぇ。あっちは、罹った後に動き回ることで病状が悪化してしまうから」

「そっか、みんな寝てるもんね」

この村固有の現象と、全国的な流行り病。たまたま相乗効果は発揮していないとは言え、つくづく厄介なことになっている。

「でも何もしないで運動不足だと、体が衰えるからどの道健康には悪いわぁ」

そこでドラたんが手を挙げる。

「全員が避けられない何かが問題と考えるのが筋じゃな。まず可能性が考えられるのは、空気か水か」

すっくと立ち上がると、メイたんに向き直った。

「川を調べてみようと思う」

　メイたんたちは全員で川を見に行く。夕暮れは近い。

「一見、きれいな川だよね」

「味も、おかしくはないですです」

　川はこの村の辺りでは中流というところ。ずっと下流へ下っていくと、本来の目的地である沼に辿《たど》り着く。

　水は澄んでいておかしなものは感じられない。魚があまり見当たらないのは気にかかる要素だが。

「もう少し遡るか」

　上流へと向かい、少し険しい山道を登る。

　道は途中で急に歩きづらくなった。獣道すら消えて、荒い岩が転がる中を無理矢理進んでいくしかない。

「崖崩れでもあったのかしら」

「去年の地震のせいだと思うですです」

「……ああ」

　先頭を進んでいたドラたんが、声を漏らす。

山肌が崩れて、油のような光沢を放つ岩が露出している。同じ種類の巨大な岩が川床の随所に転がり、流れる水に洗われていた。

「これは……」

何も知らないが、直感的にメイたんは感じる。これは、よくない。

「やな感じがする……」

キーたんも何かを感じ取ってか、両腕で身を抱くと全身を震わせ、警戒するように岩を睨《にら》んだ。

「もしかして……」

「ウリたんは知っているようじゃな」

ドラたんが説明を始めた。

「この岩を水に晒《さら》すと、水に溶け込む。無味無臭の、即効性はない、しかし紛れもなく有毒な成分じゃ」

「体の代わりに精神をじわじわと蝕《むしば》むでです。個人差はあれど、こんなものを連日摂取したら、最終的には呼吸するのも面倒がるようなひどいことに……」

ウリたんが言葉を飲み込む。

「この川から飲み水を……」

村人が運んでいた水瓶を、メイたんは思い出す。

「川の魚を食べても、この水を畑に撒《ま》いて育った作物を食べても、毒は蓄積されていくですです」

「ど、どうすればいいの？」

キーたんが、毒を知る仲間に訊《き》く。

「よそへ移った人たちが回復したので、岩さえ川から取り除けばいずれ村人の体に溜《た》まった毒も薄れて元気になれると思うですです」

「じゃ、あれどかせばいいんだね！」

人間ではどうにもならないほど巨大な岩だが、干支神ならどうにでもなる。

すぐにも川に入りそうなキーたんを、ドラたんが制した。

「ただ、今回の地震のように、何かの拍子で岩がまた川に毒を溶かしてしまっては台無しじゃのう」

「……アタイたちがずっとここにいることもできないもんね」

気落ちして肩を落とすキーたん。

「で、メイたんに決めてもらいたいのじゃが」

ドラたんがメイたんに振り向いて問いかけた。

「儂《わし》はこれを解決できる。しかしそうなるとソルラルをほぼ使い果たして、お化けウナギ退治では役に立てん」

静かにメイたんを見つめる。

「どうする？」

「………………」

メイたんたちの今回の主な仕事は薬草の採取。その邪魔をするであろう化け物ウナギを倒すには、キーたんとドラたんが相手取ってくれた方が確実だ。その場合、この村を救うのは帰りに寄った時になる。

でも、そうしたら、ウナギとの戦闘でドラたんがソルラルを使ってしまうというおそれもあるわけで。

悩ましい。でも決めなければ。

「キーたん、大変だと思うけど、お化けウナギはひとりで倒して」

メイたんは、キーたんに頭を下げた。

「う、うん。任せといて！」

胸を強く叩《たた》いたキーたんはゲホゲホと咳《せ》き込む。

「うむ」

ドラたんは、どこか満足そうに肯いた。

「まずは川の流れを変えねばな。これ以上水は汚染させせん」

ドラたんが手をかざすと、ソルラルが光となって溢《あふ》れ出《だ》す。

彼女の得意とする能力は、龍脈の操作による地場の改変だ。

莫大《ばくだい》なソルラルを消費するので乱発こそできないが、それでも人々から豊富に良質のソルラルが得られるこの時代、大規模な地形改変も不可能ではなかった。

川が流れを変え、荒野を新たに走り、毒の巨岩を回避する形で再び中流以降の流れへ向かっていく。

「すごーい！」

キーたんが手を叩いて喜ぶが、メイたんは気になることがある。それをウリたんが先に口にした。

「でも、別の岩がまた川へ転がり込むかもしれないですです」

「もちろんこれで終わらせはせんよ」

今度は元々水が流れていた川床へ手をかざす。地が大きく割れて、油のように光る岩をどこまでも深くへ飲み込んでいく。

「まだまだ」

岩の残りが埋め込まれていた山肌も砕かれ、崩れ落ち、地の底へと運ばれる。小さい山を吸い込んで地割れは埋まった。

「これだけでは、人がいずれ掘り出す可能性もあるのう」

さらにドラたんは、天に手をかざした。

周囲の平地から、少しずつ石や土が集められていく。ドラたんの頭上で、新たに山ほどの地塊が形成されていく。

「これで……どうじゃ！」

息を荒げつつ、ドラたんは手を振り下ろす。

土の塊はゆっくりと着地し、毒の岩を飲み込んだかつての川の上で、山となった。

「土砂崩れが起きては台無しじゃな。仕上げはこやつらにがんばってもらおう」

これも周囲の森や草原から、木々や草が飛来して山肌に根づいていく。

すべてが終わると、新たに生まれた山はまるで百年前からそこにあるかのような安定性を見せてそこに存在していた。

「……ふう」

「ドラたん！」

両膝を突いたドラたんが、そのまま前へ倒れそうになる。メイたんがすんでのところで上半身を支えた。

「最後に、村人にあの山を弄《いじ》らぬよう言い聞かせるべきじゃな。月並みじゃが、祟《たた》りがあるとするのが効果的かの」

力を使い果たし、それでもドラたんの顔はどこか晴れやかだった。

＊

夕陽《ゆうひ》が沈む帰り道、メイたんがドラたんを支えて歩く。キーたんとウリたんは少し先を歩いていた。

と、ドラたんが話しかけてきた。

「お化けウナギの件じゃが、直接戦うのはできなくなったものの、これでキーたんへ多少の援護になるかもな」

「どういうこと？」

「この近辺で、三つの事件が起きていた。地脈が乱れて空間が閉じそうになり、ソルラルを吸収して暴走した虫も現れた森。地震で露出した毒の石によって苦しめられた村。ソルラルを取り込んで巨大化したウナギ」

「う、うん」

確かに、事件が頻発している。

「何か関連があるの？」

「そう考えた方が、偶然の一致とするよりは妥当じゃろう。さて、だとすると、これはどんな順番でどう起きたか？」

「え……お化けウナギが暴れたせいで地震が起きた？　それとも森の地脈の乱れが地震の原

因？」

「いや、ウナギが去年地震を起こすほど強大になっていたら、とっくにこの地域を担当するモ～たんが手を打っていたじゃろう。それに、森があかなったのはごく最近じゃ。森の中には人の死体も何もなかった」

「じゃあ……」

「村の人々が生んでしまった負のソルラルが、ただのウナギをおかしくし、普通の森を狂わせた原因じゃよ」

「で、でも、おかしくない?!　ソルラルというものは、そもそも感謝とか喜びとかから生まれるものだけで――」

　異論を唱えながらも、メイたんも心の中で否認しきれないものは感じていた。

「黒い白馬並みに語義矛盾を起こしてはおるな。だが、純粋すぎる負の感情も時にソルラルに似たものとなることは確実じゃ」

　村の様子を思い出す。緩慢だが着実に滅びへ向かっていた村。

　あの村で、これまでに何人が悲しくつらい思いを抱いたことだろう。

「だけど、森が空間を捻《ね》じ曲《ま》げていたのは？」

「あの森には負のソルラルに取り込まれた生き物が多かったじゃろう。最初、儂の目には狂った森の副産物のように見えていたが、順番が逆だったんじゃ」

「え？」

「あやつらが積もり積もって、地脈をおかしくするほどの悪影響を及ぼした。小さな虫の群れが大木を食い荒らして枯らし倒してしまうようにな」

「…………」

「もう、これ以上村人が毒を口にすることはなくなった。彼らが心穏やかになれば、負のソルラルの発生と供給を抑えて、お化けウナギの弱体化にもつながるかも……というのが儂の計算じゃ」

「なら、ここにしばらく落ち着いた方がいいわねぇ」

毒が薄れるには少し時間がかかるだろう。

村の乏しい明かりは寂しいが、一息つける気がしてメイたんは安堵《あんど》する。

地形が変わったりして、しばらくは騒ぎになるかもしれない。それでも、村はここから再び立ち直るのだ。メイたんもその手伝いをしたい。

そしてしばらくしたら、ウナギのいる沼へ……。

と。

「あれ」

先頭に立っていたキーたんが不意によろめき、ばったりと倒れた。

「……キーたん？」

ぽかんとするウリたんとドラたんより早く、メイたんは駆け寄った。

抱き起こす。顔が赤い。熱がある。呼吸が荒い。

「これ……流行り病だわ」

第五章……沼で起きたこと

「キーたん……」

干支娘《えと》と人間は色々と違う。しかし同じものを食べて同じようにおいしいと感じるように、共通点も多々ある。

特にキーたんは、サルの干支神。人と近い部分は他の干支娘より多い。

宿とした家に戻り、むしろに横になるキーたんは、すでにかなりの高熱を発していた。もう
流行《はや》り病の後期症状。命に関わりかねない段階だ。彼女の回復力を信じて、安静にしていても
らうしかない。

「今日は森を動き回って疲れたろうし、村に入ってすぐ感染していたとしたら、その後も調べ
物をしたり川へ行ったりしていたものね」

自分たちは干支神だから大丈夫と過信していた愚かさを悔やむ。

枕元でキーたんの世話をしていたメイたんのところへ、ウリたんが来た。

「これから、どうするですです？」

メイたんもそれに悩んでいた。

ドラたんにソルラルを使ってもらったのは、キーたんを当てにしていたから。しかし今、そのキーたんも倒れている。

いっそ撤退すべきかもしれないが、すでにキーたんを動かすのも難しい。ならばウリたんだけに戻ってもらい援軍を求めるか？　しかし他の干支神たちの抱えている問題はそれぞれ時間のかかるものばかりで、すぐ来てもらえるとも思えない。

五里霧中のようなものだ。

「戦うですです？」

「それは、ないわね」

改めて、現状を考える。必要な行動は何か。

「薬草だけ手に入れられればいいんだけど……」

「足の速さを活《い》かした急速接近・急速離脱なら」

ウリたんが声に力を込める。

「わたしはちょっとしたものですです」

「……そうね」

霧が少し晴れて、新たな選択肢が与えられたような気がした。

「目標は薬草の採取で、お化けウナギを倒すことは二の次三の次。だから、行こうと思えば今すぐにでも行けるですです」

戦闘力に関しては、干支神の中でも下から数えたほうが早いメイたんとウリたん。

最後はそんな組み合わせで挑むことになるとは。

「一晩くらいは休んでおけ。おぬしらも疲れておるんじゃからな」

ドラたんにたしなめられた。

＊

朝方に村を出る。

キーたんの容体は相変わらずだったが、隣の家を覗《のぞ》いてみれば少女らの気持ちが心なしか上向きになっているようで、それは朗報だった。

「父さんが畑の様子を見に行ってみるって言い出したんだ」

少女のうれしそうな様子は、メイたんにとって慰めとなった。

「薬師さん、お供の人の食事の世話とかはちゃんとしておくからね」

「くれぐれも、危険なら退くのだぞ」

ソルラルを使ってしまったドラたんは、まるっきり心配性の母親みたいになっている。そこがちょっとおかしかった。

「沼には、夕方になる前には着くかしらねぇ」

「まあ、わたしの韋駄天《いだてん》ぶりに期待するですです」

「頼りにしてるわよ」


広がる平地の先に林。沼はその奥のはず。

だがその林がおかしかった。

「あれは……何？」

「また木が逆さまになってるですです」

林に並ぶ木が、片っ端から逆さまになっている。たまたまそうなったというよりは、子どもが積み木で遊ぶように、木を引き抜いて逆さに刺し直したという印象。

「これ、やったのはたぶんお化けウナギよねぇ」

「意味のある行為とは思えないですです。戯れにやってみたということかと」

「こんなことを遊びでできるなんて……」

昨夜のドラたんがしたことに似ている。もちろんあちらの方が規模ははるかに大きいが、山を作った代償にドラたんがしばらく戦えなくなったことを考えると、ただならぬ力を感じさせた。

メイたんには一本引っくり返すだけで大仕事だ。

「まあ、まともにやり合ったら勝負にならないことはわかりきっていたですです」

「そうよね」

それでも、悲壮な覚悟を固めて行けと改めて諭されたようで、いい気はしない。

木々に隠れて沼を窺《うかが》い、おっかなびっくり進む。薬草が岸辺のどこに生えているかを突き止めておかなければ、ウリたんを無駄に走らせてしまう。

「あれ……かしらね」

シャアたんから渡された覚え書きと特徴が完全に一致する、紫色の五弁の花を咲かせる草。岸辺にありながら、幸いにも荒らされてはおらず、同じ草が群生していた。

「じゃあ……行って来るですです！」

ウリたんが走り出し、一気に加速する。

途中で止まったり方向転換したりが難しい自分の走りを踏まえ、ウリたんは事前に対策しておいた。止まりもせず薬草を片手で一株引き抜くと、そのまままっすぐ、メイたんが待つのとは逆方向の、沼の反対側へ抜けていく。

「……うまくいったわね」

何も起きなかったのだから喜ばしいのだが、どこか拍子抜けする思いだ。

「いない、ですです？」

戻ってきたウリたんも怪訝《けげん》そうな顔をしている。

「寝てるのかしらね。なら今のうちに逃げ――」

不意の物音にメイたんたちが振り向くと、見知らぬ木こりの男性がいた。

「この近くに住んでる人ですです？」

「あ、ああ。そっちのお嬢ちゃんの足の速さ、もしかして、この前の姉ちゃんや今朝の嬢ちゃんの仲間か？」

たぶんモ～たんのことだろう。メイたんが認めると、彼は話を始める。

「数日前から沼の方が騒がしくなってな。……」

＊

巨大ウナギが出て以来、沼の周囲は危険すぎて近寄れなくなっていた。

しばらく前にやけに体格の立派な女性が「ウナギを倒してやるネ！」と言って木こりの案内で沼に向かったが、尻尾をへし折るなど最初のうちは健闘したものの、やがて不意に力を失うと、這《ほ》う這《ほ》うの体《てい》で逃げて行った。

数日前からの騒ぎはその時によく似ていたが、ウナギが沼の水面を叩《たた》いたり周辺の木々を薙《な》ぎ倒《たお》したりする音は、昼も夜も休みなく続く。

何が起きているか激しい好奇心と強い不安に駆られた木こりは、今朝になって遠くから沼を眺め、一人の少女が巨大ウナギと戦っている姿を目撃した。

自分の何十倍も大きなウナギが、食らおうと口を開けて向かって来たり、叩き潰《つぶ》そうと尻尾を叩きつけてきたりする（尻尾が折れているせいで、しばしばあらぬ方を叩いていたが）。しかし少女はすべてをかわしきって、ウナギに蹴りを入れたり殴ったり、時には引っかいたり、さらには遠くてよく見えなかったが噛《か》みついたりまでしたようだ。

少女は見た目だけはごく普通の女の子に見えるのだが、その動きは明らかに人間離れしていた。以前の女性にもまったく引けを取らない強さだ。

攻撃を避ける少女と攻撃が効かないウナギ。決定打を与えられないという点で両者は互角であるかに見えた。木こりは常軌を逸した戦いに釘《くぎ》づけになり、魅入られたように彼女たちの戦いを見続けた。

しかし昼になろうかという頃。

遠くから見ているだけの木こりにはわからないが、相手の弱まりを感じ取ったらしく、少女は一気呵成《いっきかせい》に攻め立てる！

そして、（爪でも立てたのか）尻尾を掴《つか》んでウナギを空中へ放り投げると、後を追って宙に舞い、両手を何度となく交叉《こうさ》。ウナギは空中でいくつもの輪切りになって倒された。

光の粒子になって消え失《う》せたウナギの死骸を後に、少女はどこかへと去って行った。

＊

「あの森を抜けたのも、そのえと娘ね」

「他にいたら意外な真相すぎるですです」

木こりと別れ、メイたんたちは帰路についていた。

「誰だか知らないけど、どうしてこんなところに来たのかしらねぇ？」

遠目の目撃情報だけでは特定しきれず、そのえと娘の正体は不明だった。

「大きなウナギがいると聞いて食べに来たんじゃないかと愚考するですです」

「何にせよ、ものすごく助かったわ。……ありがとう」

ここにはいない謎のえと娘に礼を告げ、メイたんは手中に収めた草を見る。

ウナギがいなくなったと知って、沼に近づき改めて引き抜いた数株。花はすでに萎《しお》れかけているが、メイたんには美しく輝いて見えた。

第六章……新しい力

「よかったね、メイたん。アタイは役に立てなかったけど」

眠っていたキーたんが目覚めて話を聞くと、そう言って微笑《ほほえ》んだ。

「そんなことないわよ。誰が欠けてもこうはいかなかったんだから。キーたんも本当にありがとう」

「この薬草が効くなら、キーたんを一気に救えるですです！」

はしゃぐウリたん。しかしメイたんは素直に肯《うなず》くことができない。

「それは、まだなの。シャアたんが教えてくれた薬草とこの草は確かに同じ形をしているけれど、それでも同じものかどうかはまだはっきりしないから。土地が違えば同じ種類でも性質は違ってくるし、薬を作ってみて、何度か実験して、その効能や適量をはっきり確認してからでないと」

「なんだ。なら簡単じゃん」

「こら、横になっておれ」

　キーたんが上半身を起こす。苦しげな姿に止めようとするドラたんを制して、メイたんに提案した。

「アタイで実験すればいいよ」

「え？」

「え、じゃなくて。アタイは人に近くて、ちょうどその薬草が効く病気に罹《かか》ってるんだから、ぴったりでしょ？」

「で、でも、薬も過ぎれば毒になるって言うでしょ？　適量がわからないと、それはまだ薬とは言えなくて……」

「いいからいいから。毒になっても大丈夫！　アタイ、これでも干支神《えと》だよ？　人間よりも頑丈にできてんだから！」

「で、でも……」

　普通の生物とは違う干支娘たちに病死した例はない。しかし決して病死しないという確証もない。

「こうなったキーたんは頑固じゃぞ」

　ドラたんが疲れたように言う。メイたんたちが留守の間、ずいぶんと苦労したのかもしれない。

「普通に実験するとして、何日かかるですです？」

ウリたんの問いは、メイたんのためらいを的確に突く。

「薬ができるまで……キーたんは大丈夫ですです……よね……？」

しかしメイたんに問いかけながらも、その視線はキーたんへ心配そうに注がれている。ウリたんも悩みながら何が最善かを模索している。

問題は何かを、メイたんは考え直す。

この草が薬草でなかった場合。それは彼女にはどうしようもない。

適量を作れずキーたんの具合が悪くなった場合。これは、彼女の調合が間違わなければいいということ。

それらの問題を乗り越えられれば、最良の結果になる。

わかっていてもなおためらうメイたんを、キーたんが最後に押した。

「さっき役に立てなかったって言ったけどさ」

「え？」

「アタイの役割はこれだったんだよ」

「…………」

「その薬があれば、たくさんの人を助けられるんでしょ？」

「……わかった」

＊

この薬草は、根の部分を使うという。すり潰して粉とする。

適量の情報もあるにはある。しかしそれが、この国に根づいた草にも当てはまるかはわからない。

だが、ひとまずはその量に従うことにした。

「これを飲んで」

「うん、メイたんの作ったお薬だし、すぐ元気になるよ！」

勢いよく飲んだキーたんは渋い顔になる。

「にがーい」

「それは我慢して」


少しして横になったキーたんを、メイたんたちはじっと見守る。

と、熱で赤い顔がより赤くなり、苦しそうに身悶《みもだ》えし出した。

不平や泣き言は言わず、しかしのたうち回るように動くキーたん。それはきっと、メイたんを気遣ってのこと。

ドラたんもウリたんも、焦った表情でキーたんとメイたんを交互に見る。

メイたんはキーたんの汗を拭き声をかける。それ以外に当面できることはない。

「キーたん、がんばって、キーたん！」

もどかしさに身をよじりたくなる中、ふとキーたんがメイたんの手を取った。

「……メイたんの手……荒れてるよね」

言われてキョトンとしてしまう。人の看病などをずっと続けているせいか、自然にそうなった。それだけのことだ。

「気にしてないんだよね。……メイたんたら……人を治すのに一生懸命だから」

キーたんはメイたんの手を撫《な》でながら、苦しそうな息の中で言葉をつなぎ、しかし穏やかに笑う。

「見た目は……干支神の中で、一番女の子っぽいのにね。でも……そんなメイたんを本当に尊敬する。……干支神として誇りに思うよ……」

そのままメイたんの手を頰《ほお》に当て、キーたんは眠りに就いた。

すでに深夜。キーたんの病状は一進一退。

何も手を打っていなければただの高熱状態が長く続くばかりの病気ではないので、薬はどうやら効いているようだ。

しかし回復に至らないのは、薬の量が足りていないからか、それとも多すぎて害になっているからなのか。

ウリたんとドラたんには眠ってもらっている。全員で徹夜しても何の意味もない。

息を乱しつつ眠るキーたんの傍《そば》に控え、メイたんは願う。

治ってほしい。治したい。

……もし治らなかったら？

干支娘に対しては初めて抱く強い不安が、絶え間なく身を締めつける。

キーたんに助かってほしい。ただ仕事をしているだけの自分を誇りとまで言ってくれたキーたんを助けたい。

治った彼女に笑ってもらえたら、自分のしてきたことを自分自身が誇れるようになる気がした。

でも、状況は動かない。今は患者自身の治ろうとする力を期待する他ない。

今までにもこんなことはあった。すべてがうまくいったわけでもない。

そんな時は仕事と無理に割りきることで、自分の心が傷つかないようにしていた。

けれど今、かつてなかった事態に、そんな処理もできなくなっている。

「メイは、無力だ」

干支神なんて呼ばれているのに。癒《いや》しを任されているのに。ソルラルなんて力を持っているのに。

心をさらけ出し、そっと呟《つぶや》く。

「お願いします……」

誰に、何を願ったのか。

メイたんはキーたんの手を握り、心の底から祈った。


その時。


「これ……何？」

メイたんの全身が光り、キーたんの手を取る両手にその光が集約されていく。

光はそのまま、キーたんに吸い込まれていった。

「ソルラル……？」

そして、光がキーたんに取り込まれたと同時に、キーたんの顔色は目に見えて良くなった。

呼吸も安定していく。

「…………」

すっかり健康を取り戻したように見えるキーたんの様子を診ながら、メイたんは今の出来事を反芻《はんすう》した。

忘れてしまわないかと不安だったが、心が、魂が覚えたように、最前の感覚ははっきりと再現できた。

＊

「すんごい寝た……」

翌朝、キーたんが目を覚ます。体調にはまったく問題なさそうだ。

その晴れやかな表情を見て、メイたんはかつてない幸福感を覚えていた。

誰かを癒すことは、自分自身が癒されることでもあるのだと、初めて知った。

「薬草効いたの？　やっぱりメイたんすごいね！」

「そんなことないわ。それより、こっちこそありがとう」

「ん？　何が？」

「あの……昨夜言ってくれたこと……」

しかしキーたんは首を捻《ひね》るばかり。

「んー……熱で頭ぼんやりしてたからかな、何言ったのか覚えてない！」

すがすがしいまでの笑顔で言われ、メイたんも思わず吹き出す。

自分が覚えていれば、それでいい。

「今日は念のために寝ていてね。メイはちょっと村を回ってくるから」

「そっかー」

何をするのとは聞かれない。しかしそれも当たり前か。

メイたんがすることは、癒しと決まっているのだから。


まずは隣の家へ行き、少女たちに診察がてら手を当てる。

そしてソルラルをそっと注いだ。

癒しのソルラル。これはたぶん、メイたんだけが使える技。

大切なのは、すべての命。すべての干支娘と、すべての人たち。メイたんにとってはすべてが特別なのだと気がついた。それは、表面的なだけの優しさとは違う。

この技は、そのすべてへメイたんの心を届けるためのもの。

少女の表情が、ぐっと活力を取り戻す。たぶんできるとは予想していたが、どうやら病気だけでなく中毒にも確かな効果があるようだ。

「薬師さん何したの?!　ちょっと、母さんも父さんも今すぐこっち来て！」

両親を引っぱる少女は、明るく朗らかに笑っている。

初めて、少女の年相応の表情を見たと思った。

少女たち三人の中毒を癒し、次の家へ。寂れつつあったとは言え、この村は広い。

全員を癒し終えた時には夜になっていた。

「流行《はや》り病に薬草は使わなかったです？」

「中毒もあったから。でも、メイが全国を回れるわけじゃないし、この薬草はきちんと調べてよく効く薬に仕上げてみせる」

ソルラルを使ったが、それを上回るソルラルを村人たちから捧《ささ》げられ、メイたんは実にツヤツヤしている。

「では、そろそろ引き上げ時かのう」

「わたしは、ごま油とキノコの村でしばらく寄り道するですです」

「アタイもあそこにしばらくいようかな？　おいしいキノコが採れるし」

「儂《わし》らがいなくなっても毒キノコには注意するのじゃぞ？」

「もう大丈夫だよ！」

明るい笑い声が弾《はじ》ける。

それは他の家の笑い声と響き合い、村全体を包むようだった。

＊

「負のソルラル……そう」

説明を受けたシャアたんは納得したように肯く。

シャアたんに向かい合うのはドラたんだけだ。メイたんは薬草の調合に忙しいので、ドラたんが報告を買って出た。

「人が増えてもいいことずくめとは限らないのね……」

ドラたんとシャアたんは干支神の中でも年長組だ。人が様々な困難を克服して発展していく姿を長年見守ってきた。

「ソルラルの発生をもっと抑制することとか、考えた方がいいのかも。考えなくてもいいのかも」

シャアたんの曖昧な言葉の前半部分に、ドラたんは目を見開く。

「ソルラルを糧とする干支神の言葉とも思えんのう」

「キノコ好きでも毒キノコは食べたくない、はず。物好きもいるかもしれないけど」

おっとりした口調で、また茫洋《ぼうよう》としたことを言う。

「妾《わらわ》たちが対処していた都での地脈の乱れも、原因は負のソルラル」

「ほう……」

「権力がどうとか、そういうくだらない話。ドラたんも巻き添え、もとい、付き合わせたかったと、ぼやいてる子もいたわ」

「出かけてよかったと心底思うわい」

楽しい話になりそうもないので、ドラたんから話題を変える。

「それにしてもメイたんは、素晴らしい力に目覚めたのう」

「素敵な力ね」

本音の見えない神秘的な干支神には珍しく、シャアたんのその声には素直な優しさと祝福だけが込められているように、ドラたんには感じられた。

エピローグ

メイたんとウリたんの、遠い昔の旅の回想は終わりに近づいていた。

「あの後もけっこう大変だったわよねぇ」

窓から空を見上げて言うメイたんに、ウリたんが肯《うなず》く。

「地域を担当していたモ～たんには、手間をかけたと散々謝られたですです」

「モ～たん癒《いや》しに詳しくないから、お化けウナギの件以外はそんなに謝るようなこともなかったんだけどねぇ。ウナギの尻尾をへし折ったのも、もしかしたら後から来た子の援護になっていたかもしれないし」

「思い返してみると、あの頃のモ～たんは、今とはけっこう違っていたですです」

干支《えと》娘の姿形などは、人々のイメージによって、時代の変化に伴い変動する。

「あれから長い時間が経《た》ったものねぇ。変わったことも色々あるし」

会話しながら、メイたんは思う。

自分は、あれから変わっただろうか？

（良い方向に変われて、悪い意味では変わらずに済んでいるのなら、いいのだけど）

それは自分では判然としない。

穏やかな陽射《ひざ》しがメイたんを包む。


「……今回のＥＴＭ12、どうなるのかしらねぇ」

過去の追憶から、意識はやがて未来に向かう。

にゃ～たんが干支神の誰かに敗れればもう終了。普通に考えればすでに終わったようなものかもしれないが。

「これはただの勘ですですが」

ウリたんが小さな声で呟《つぶや》く。

「今回は、きっと何か波乱があると思うですです」

「そうかもしれないわねぇ」

どんな風に決着するか、そこまではわかるわけもない。

でも、それが最善の形で終わるよう、メイたんは願わずにいられなかった。

◆ライトノベル発売特別企画◆

「にゃ〜たん役・村川梨衣《むらかわりえ》×ウサたん役・相坂優歌《あいさかゆうか》×メイたん役・渕上舞《ふちがみまい》」
スペシャルクロストーク

『えとたま　〜外伝のべる〜』の発売を記念して、表紙を飾ったキャラクター達を演じているキャストの皆様に、インタビューしました！ここでしか読めない貴重な対談内容となっております！

——メイたんとウサたんが表紙ですが、イラストをご覧になっての感想をお聞かせください。
渕上「凄《すご》く意外だったのはメイたんのおっぱいが大きいなと（一同笑）。衣装的にウサたんのほうがナイスバディなのかなと思いきや、メイたんの胸に目が行ってしまいました」
村川「ナイスバディな二人ですね」
渕上「衣装もナースとバニーガールということでね（笑）」
相坂「あー！マニアックだね。私はにゃ〜たんの小ささに驚きました。可愛《かわい》いですね。メイたんのお胸に関しては、実は前から思っていました。何かで『メイたんのお胸大きくない？』という話があって、メイたんの癒《いや》しというか溢《あふ》れ出る母性はお胸に表れているんだと思います。ふわっとした優しさ包容力がメイたんの担当で、ウサたんはがっつりと出していくみたいな（笑）。今回のイラストもどこからがお尻なのか……？」

渕上「確かにそうだね！」

相坂「出しすぎではないかと心配になるくらい出てますね、ウサたん」

――村川さんはいかがですか？

村川「小さいながらにゃ～たんがいてくれて良かったです（一同笑）。本編ではメイたんとウサたんががっつりと絡んでいるシーンを観たことがなかったので嬉《うれ》しいツーショットだなと思いました」

相坂「確かにない組み合わせですね」

――キャラクターとご自身が似ていると思うところはありますか？

村川「『シンクロ率が高めだよね』と言っていただくことが割と多いのですが（笑）、無責任な意味では無く、変に役作りしなくて良いキャラクターなので、凄く演じやすかったです。好きなことに突っ走って行くところや元気なところはちょっと似ているのかなと思いますが、私はちゃんと善悪の区別はつきますよ？（笑）。にゃ～たんのように悪気が無くやってしまう……ことはあるかもな～（一同笑）。あるかもしれないけど大丈夫です、私は欲しいものがあっても手段を選んで入手するようには心がけています。悪気がないのはにゃ～たんの良いところで、ソルラルが欲しいからやっているだけ、十二支になりたいからやってしまう、にゃ～たんは純粋の塊ですね。でもそれはにゃ～たんの可愛さがあって成り立っていることだからね。私はしようなんて思ってないよ？私がやったら許されないことは重々承知してますからね。その辺は大丈夫ですからね（一同笑）」

相坂「欲望に忠実なところ、突っ走ってしまうところはりえしょんとは似てるんですか？」

村川「ん～どうかな～……？私は心先行？例えば私はうなぎが好きなんですけど『うなぎ食べたい！』と心が先行しても、『いや今日は食べに行く時間がないから我慢！』とちゃんと我慢できるんです！」

渕上「我慢できるんだね。凄いね！」

村川「そうです！そうです！やったー褒められちゃった（笑）」

相坂「ふむふむ、なるほど」

村川「研究対象として見ないで！」

相坂「貴重なデータをいただきました（笑）」

――相坂さんがウサたんと似ていると思うところはありますか？

相坂「似ているところは……ないですね」
渕上「顔が似てるよ！」
相坂「え!?何を言っているんですか！」
渕上「ホント！ホント！ホント！」
相坂「舞さん！適当にも程がありますよ！」
村川「あ〜〜〜！また適当なこと言っちゃった？（笑）」
渕上「本当にずっと前から思ってたんです。ルックスの雰囲気が似ているなって思っていました」
相坂「本当ですか!?」
村川「確かにアフレコ中に〝ふわっさー〟って髪をかきあげるとこは似ていましたね（笑）」
相坂「だからさ〜、り・え！」
村川「ごめん、ごめん（笑）」
相坂「ちがうんです。あれは違うんですよりえしょん！あれは本当に髪の毛が顔にかかってしまったから『あ、いけないいけない』って髪をかき上げただけなんです。」
村川「ああ、そうか！後ろからだとそれが見えないからね。〝ふわっさー〟って見えちゃったの」
相坂「そうかそうか、やむなし、やむなし」

村川「ありがとう！無罪！やった－！」
相坂「それじゃあ、舞さんが顔が似ていると言ってくれたので顔ということで」
渕上「登場するキャラクターの中で内面が似ているのはきっとりえしょんだと思うのですが、キャラクターの格好をさせたら多分相坂さんが一番似ていると思う」
相坂「でも胸部装甲が足りていないんですけど……」
渕上「なんとでもなるよ！」
相坂「ウサたんのようなダイナマイトボディとはかけ離れているのですが、他の声優さんに雰囲気がうさぎっぽいと言われたことはあります。なのでウサたんが決まったときもうさぎに何か縁があるのかしら？と思いました。私は消極的なところがあるのでウサたんの積極性は見習っていきたいですね。彼女のそういうところは好きです」

——ウサたんはプロデューサーですもんね。
相坂「『人をプロデュースするわ！』って自身から発信していくことって凄いことだと思うので、私も人をプロデュースすることって素敵なことかもしれないって、ウサたんを演じて興味が湧いてきました。今回のライトノベルにはアイドルになるお話もあって、私は衣装を考えるのが好きなので、もし自分がプロデュースするなら衣装を考えたいなと思いますね」

村川「凄い！カッコイイ！」
渕上「ウサたんじゃん！」

――うさ耳をつけてどこかでイベントをしてみたらいいんじゃないですか？
相坂「皆さん適当すぎませんか？びっくりだ！（一同笑）」
渕上「適当じゃないよ！発言に責任を持たないといけない」
相坂「顔が似ていると言われるとは思わなかったもんなー。びっくりしました」
村川「顔が色白だから似てるよ！」
相坂「どこからしらうさぎっぽさはあるようですね」

――渕上さんがメイたんと似ていると思うところはありますか？
渕上「大勢の中にいるときの自分の立ち位置が凄く似ているなとアフレコをしていて思いました。キャラクターが多い作品なうえに毎回ほとんどのキャラクターが登場しているんです。しかもみんな個性的でどちらかというと賑《にぎ》やかなキャラクターが多いのですが、メイたんはその中に入ることがあまりなくて、かといってチュウたんみたいに別の場所にいるという感じではなく、メイたんは自然とそこにいて何を発する訳でもなくニコニコしていて、思ったことをポンと言ったりします。そんな皆でいるときのポジションや人間性の雰囲気がとても自分に近いのかなと思いました」
村川「メイたんは貴重な癒やし枠ですからね」
渕上「アフレコの時は中の人たちも賑やかなのですが（笑）、そういう時も私は端っこで楽しそうだなって思っています」
村川「舞さんはいつもニコニコと見守っていてくださるんですよ」
渕上「そしてたまに適当な事を言ってね」
村川「自分で適当って言っちゃった（一同笑）」
相坂「たまに発する一言の重さというか、核心をついている感はありますね」
村川「あるかもしれない。そのまんまですね」

――本書をご覧頂いているファンの方へメッセージをお願い致します。

村川「祝・ライトノベル発売ということで、皆様お手にとっていただきありがとうございます。アニメもスタートしましていかがでしょうか？ライトノベルもアニメとは違った目線で楽しんでいただけると思いますので、これからもアニメ・コミックス・ライトノベルと全部をチェックしていただけたら嬉しいです。ラノベ好きな皆！これからもよろしくね！」

相坂「ライトノベルが発売されるということで、アニメをまだ見ていない方にも『えとたま』

を知ってもらえる新しい機会になるのかなと思います。ライトノベルを読んで興味を持ってくださった方はぜひアニメの方も応援していただければと思います。ライトノベルのプロットを読ませていただいたのですが、凄く面白かったのでこれをアニメで演じられたら凄くいいなと思いました。それも皆さんの応援次第だと思いますので、その願いが叶うように末永く『えとたま』を愛していただければと思います」

村川「あ！素晴らしいね！（笑）」

渕上「自分の好きなキャラクターのこういうところが見てみたいと思われている方も多いと思いますが、とてもキャラクターの多い作品なので、アニメ本編ではひとりひとりに焦点を当ててしっかりと掘り下げていくということが難しかったりもします。今回ライトノベルということでアニメにはないようなお話も入ってくるのだろうなと思いますので、その辺のモヤモヤした気持ちはライトノベルの方で解消していただければと思います。『えとたま』にはアニメで登場しきれなかった設定が膨大にあって、それが世に出ずに終わってしまうのは非常にもったいないことだと思いますので、ライトノベルの方で少しでもそういった部分に触れるお話が入っていればなという希望もありますので、ぜひ皆さんライトノベルを読んでいただいて、『えとたま』の奥の深さを感じていただけたら嬉しいです」

あとがき

このたびはお買い上げいただきありがとうございます（まだ書店で手に取りチェックしている段階という方は、そのままレジへ持って行っていただけると幸いです）。

縁に恵まれ、アニメ『えとたま』のノベライズを担当させていただきました。

話が舞い込んできた時点で音泉《おんせん》のネットラジオ「えとたまらじお～ソルラルくれにゃ！～」やニコニコ生放送「干支《えと》ーク！」はすでに始まっておりまして、村川梨衣《むらかわりえ》さんはうるさくて愉快だなあなどと楽しんでおりました。一視聴者のつもりでいたものに関わるというのは、不思議で面白い経験です。

送っていただいたアニメ各話のシナリオを拝見しましたが、実にフリーダムな作品になりそうだという予感があります（特に後半、個人的には第九話がすごく楽しみです）。

シナリオを執筆なさった赤尾《あかお》でこ先生による原案プロットを、少し膨らませて小説化しましたが、書き始めてみると、迷走したり、放送日や発売日の関係でネタバレに踏み込んでしまったりで、修正には関係者の方々の手を煩わせてしまいました。しかしそうした方々のご尽力により、問題なく楽しんでいただけるものに仕上がったかと思います。

今回のノベライズはウサたんとメイたんがメインのエピソードですが、物語の中心にいるのはやはりにゃ～たんだなと、書きながら再認識しました。おバカで身勝手で、でも憎めない彼女のキャラクターはすごく魅力的で、気持ちよく動かさせていただきました。

もちろん、周囲の干支神も全員素敵です（唯一、直接登場していない干支神もいますが）。アニメとはまた少し違う角度から彼女たちの活躍を見ていただければと思います。

原案・設定の是空《ぜくう》とおる様、白組《しろぐみ》プロデューサーの井出和哉《いでかずや》様、ぽにきゃんBOOKSライトノベルシリーズの上田智輝《うえだともき》様、何度も丁寧なチェックをありがとうございます。作品を大切にしたいというお気持ちを強く感じ取りました。

編集プロダクションマイストリートの岡田勘一《おかだかんいち》様、最初から最後までひたすらお世話になりました。ありがとうございます。

そしてお読みいただいた読者の皆様、まことにありがとうございます。楽しんでいただけましたら幸いです。

藤瀬雅輝《ふじせまさてる》

「えとたま　～外伝のべる～」あとがき的なモノに寄せて

皆様こんにちは。原案設定の吠士《ほし》&是空《ぜくう》のかたっぽ。是空とおるです。設定担当です。

今回の「えとたま　～外伝のべる～」にて、監修やらなんやらさせていただきました。

まずは藤瀬《ふじせ》先生。お疲れ様でした&ありがとうございます。

藤瀬先生には、①あまり人には言えないスケジュール。②あまり人にはお見せできない中二設定（僕が作ったフワっとして、それでいてそれなりに量がある）。③ウサたんやらメイたんやらをほどよく活躍させてクダサーイ。などのあまり人にしてはいけない無茶振り。④本作発売日はアニメも絶賛放映中の時期ですので、ネタバレをどこまでやってOKだとかの細かいチェックやら修正。などなどに耐えていただき、本作を練り上げていただくことになりました。「えとたま」はおもしろ優先です。ある意味ブレてナンボです。ナンボなので速効性や自由度が高く見えるのですが、実作業は存在します。あらゆる意味で、藤瀬先生じゃないと完成してなかったと思うので、この場を借りて、重ねて御礼申し上げます。ご機会ありましたらネタバレも全部OKなタイミングにて、バーリトゥードでご執筆願えれば幸いです。

そんなこんななワケでして、藤瀬先生。本当にありがとうございました。

／＊／

さて、あまりに謝辞を並べますと、感謝のソルラルも薄れてしまう気がしますので、それらは一日溜《た》めさせていただきつつ、せっかくお借りしました紙面ですので「えとたま～外伝のべる～」の簡単な雑談でもしたいと思います。

まずウサたん。小説で誰をプロデュースする？　プロデュースといえばウサたんだよな。みたいなトコから始まってます。この決め方が「えとたま」っぽいです。UTCという立ち位置も使いやすく、自由度あると思ったのですが、問題は周囲の干支《えと》娘たちでした。ダメだこの娘たち。アイドル向きじゃない。そして自由度というか……自由すぎる。きっと干支娘たちの芸能活動は店長が人々の記憶から無かったことにしているでしょう。ウサたん。お疲れ様でした。

続いてメイたん。作中の世界観の年代は公表してないのですが、僕らの生きる世界は現在ヒツジ年。出番ですよ～。とばかりにメイたんに白羽の矢が刺さりました。プスリ。メイたんが癒《いや》しの能力に目覚める旅です。悠久の刻を生きる干支娘たちがほんの少し変わって、大きく前進する物語になったのではないでしょうか？

あ。唐突に紙面が尽きました。僕に紙面が無いのもあのうるさい方々が対談してるスペシャルクロストークにページを食べられたからです。さすがです。なんてこったです。

では最後に「えとたま　～外伝のべる～」お読みくださり本当にありがとうございました。

皆さんのソルラルが、皆さんの大好きな人たちに届きますように。

「えとたま」原案／設定担当～是空とおる

愛しき人のために。
宝石吐きのおんなのこ
なみあと
景
BOOKS
著：なみあと / イラスト：景

ぽにきゃんBOOKS
この輝きは
なろうコン大賞 × Crafe
日本最大級オンラインノベルコンテスト出身作
宝石吐きのおんなのこ
ちいさな宝石店のすこし不思議な日常
Housekihaki no Onnanoko

スーパーヒロイン学園《アカデミー》①

著：仰木日向　イラスト：マルイノ

PCZP-85068/(本体620円+税)円/ISBN 978-4-86529-106-3

ちょっぴり笑えてちょっぴり泣ける、スーパーヒロイン達の青春ストーリー！

ヒーローを育てる女子校『ヒロインアカデミー』に通う亜依と悠美とハルカ。シェアハウスで共同生活をしている三人のもとに、噂のA級スーパーヒロイン、熊瀬川リンが加わることになった。
あれ？　でもなんだかこの子、すんごく弱いし大人しいし、全然ヒロインっぽくないぞ…!?
ヒーローやヒロイン達の住む大都会〝バスターポリス〟で繰り広げられる、新米スーパーヒロイン達のドタバタ&ほんわかコメディ！

ぽにきゃん
BOOKS

えとたま　～外伝のべる～

原作：白組&タブリエ・コミュニケーションズ
著者：藤瀬雅輝

ぽにきゃんBOOKS

2015年5月3日　初版発行

発行人	古川陽子
編集人	福場一義
発行	株式会社ポニーキャニオン 〒105-8487　東京都港区虎ノ門2-5-10 マーケティング1部4グループ　03-5521-8046 カスタマーセンター　03-5521-8033
装丁	株式会社トライボール
イラスト	エンカレッジフィルムズ&白組
編集協力	有限会社マイストリート（岡田勘一）
組版・校閲	株式会社鷗来堂
印刷・製本	図書印刷株式会社

ISBN978-4-86529-133-9　PCZP-85089